Astrid Petersen   Applaus für Paula Plietsch!

Astrid Petersen

Applaus für Paula Plietsch!

Herstellung und Verlag: BoD – Books on Demand,
Norderstedt
ISBN 9783758325625

Covergestaltung: Ivo Constantin, Hamburg
Online-Realisation: Theo Waldhauer
In Kooperation mit www.ghostwriter-service-hamburg.de

5

Wer zum Kuckuck ist
Astrid Petersen?

Astrid Petersen hat den Schalk gewissermaßen geerbt. „Ich bin über siebzehnkommafünf Ecken mit Till Eulenspiegel verwandt", sagt sie, die seit ihrer Geburt („Hälfte zwei des 20. Jahrhunderts") begeisterte Hamburgerin ist. Schon als Kind hat sie dem Volk tüchtig aufs Maul geschaut und sich lustige Geschichten über ihre Mitmenschen ausgedacht. Das Schreiben ist bis heute ihre Leidenschaft geblieben, wenn sie nicht gerade ihrem Beruf im sozialen Bereich nachgeht oder Bücher übersetzt. In ihren Geschichten hält sie, ganz im Sinne der Eulenspiegeleien ihres berühmten Vorfahren, den jeweiligen Protagonisten des heutigen Alltagswahnsinns den Narrenspiegel vor.

Die Autorin hat, ganz unnorddeutsch, eine heftige Abneigung gegen Grünkohl, hingegen schätzt sie gelegentlich einen Cocktail White Russian „als Dessert nach einem gelungenen Tag". Mit Paula Plietsch hat sie eine Figur ersonnen, die es ihr erlaubt, in den verschiedensten Rollen zu agieren. Das tut sie mit taffem Tastenspiel und einer prallen Prise Selbstironie.

... und was bedeutet eigentlich plietsch"?
Richtige Hamburger halten sich für so schlau, dass sie sogar ein eigenes Wort dafür haben: *plietsch!*
Das Wort stammt (wer hätte das gedacht) *aus* dem Norddeutschen und bedeutet: klug, clever, schlau,

besser noch: pfiffig. Wer plietsch ist, hat eine Auffassungsgabe. Auch der Norddeutsche Rundfunk steht auf schlau. „Plietsch" heißt das Wissensmagazin im NDR-Fernsehen. Und plietsch soll es auch sein: pfiffig, norddeutsch und immer garniert mit einem coolen Augenzwinkern.

Das plietsche Trio

Paula Plietsch ist Klatschreporterin, freiberuflich und chronisch pleite. Sie stammt aus dem Blankeneser Niedrigadel, wurde aber enterbt, weil sie Udo Ulmenzweig Modell gestanden hat für eines seiner Likörelle – ohne Schuhe. Nebenberuflich ist sie ein Jobwunder, hochtalentiert und in allen Sätteln gerecht. Paula ist eine Serientäterin. Das Schöne daran: in jeder Story erleben wir sie in einer anderen Rolle. Mal wirbelt sie als Reporterin auf dem Kiez, mal gibt sie die Moderatorin bei einem Radiosender auf dem platten Land oder sie mimt eine Stewardess bei einem Fake-Flug ins Blaue.

Eigentlich hat Paula eine große Karriere vor sich. Wäre da nicht ihre **First-Freundin Vera Valendra**, eine pensionierte Zirkus-Allrounderin. In ihrer besten Zeit vertrat sie, wenn Not am Mann war, Dompteur, Messerwerfer und Feuerschlucker, heute fährt sie Taxi in Tangstedt. Ihre rustikalen Umgangsformen lotsen sie zielsicher in jedes Fettnäpfchen ringsum. Mit Vera trifft sich Paula oft in der Haifischbar; dort beknobeln sie neue Klatschgeschichten und lästern nebenbei über Mitmenschen, Männer und Mode. Und, wetten, dass ... jedes Mal liefert das Duo waschechten Hochkant-Humor von der Waterkant. Heißt: immer hart am Wind, mal mit voller Kraft voraus, ein andermal mit Schlagseite. Und stets garantiert mit einer prallen Prise Humor in den Segeln.

Und dann ist da noch der pinkfarbene Papagei **Kinski,** Paulas Pflegefall und sozusagen ein Paukenschlag der Natur. Denn er dürfte globusweit der einzige Vogel sein, der politische Statements abgibt und Plattdeutsch spricht. Zudem schnabuliert das Sprechgenie liebend gern Reste aus Reagenzgläsern in Frau Frankenkleins Genlabor. Vielleicht ist er deshalb so mega intelligent, dass er sogar den Türk-Schnack-Kurs „Ünsinn.Digga" mit Auszeichnung bestand.

Komparsen und Sympathisanten

Professor Christian Kinski. „Ziehvater" von Paulas Panik-Papagei; betreibt mit Professor Fräulein Frankenklein ein geheimnisvolles Labor, gleich neben dem legendären gelben Haus am Pinnasberg. Schwärmt für van Gogh, trägt permanent Ohrenschützer und betrinkt sich jeden dritten Freitag mit Absinth. Lieblingsattitüde des Gen-Spezialisten: „Mein Bruder Klausi sagte immer ..."

Hubert Himmel. Paulas Dauerverehrer; mega-schüchtern, stammt aus Ritzebüttel bei Cuxhaven. Wechselwarmduscher, Weichei-Esser und Klappkaffeetrinker. Einmal im Jahr amüsiert er sich im Batman-Kostüm beim Billstedter Kiezkarneval.

Allessandro Serralunga. Unehelicher Sohn von Vera Valendra und Paulas Lieblingsitaliener; Prototyp Macho, immer gut für schnelle Schmuddel-Schnacks. Allerdings gehen die meist daneben, jedenfalls bei Paula.

Veras geheimer Freund Leo, tritt nie persönlich in Erscheinung, schreibt aber regelmäßig erotische SMS-Nachrichten aus seiner virtuellen Box-Bude in Barmbek.

Als Elvis auf die Erde kam

(v. Carlos de Seewo)

„Power-Party mit Hafenblick! Am Freitag feiert das Seemannsheim sein Sommerfest im Hof", verkündete die Morgenpost. Dort, mitten im Herzen von Hamburg, direkt neben der Hauptkirche St. Michaelis, sei für Speis und Trank gesorgt, und auch eine Band werde aufspielen. Zwar sei der Sänger vorwiegend als Elvis-Imitator bekannt, heute aber werde er auch Seemannslieder zum Besten geben, auf der Wellenlänge von Hans Albers und Freddy Quinn.

Die Sause steigt im Innenhof des Seemannshotels. Hier treffen sich auch die Anonymen Alkoholiker, trotzdem haben sie hier abends Barbetrieb und zum Mittagstisch Bier. Anfangs dümpelt alles träge vor sich hin. Gerstensaft gibt's vom Fass und bis zum Abwinken umsonst, auf mehreren Grills tummelt sich Fleischiges aller Art. Ein geschätztes halbes Jahrtausend gescheiterte Existenzen drängelt sich um Bratrost und Fass, ich mittendrin. Am Rande des Pulks kreist die sichtbar schlicht gestrickte Tochter von Wolfgang, dem trinkfreudigen Frisör, dem nie die Zigarette im Mund ausgeht. Unübersehbar auf Angeltour ist sie, doch will kein männliches Opfer anbeißen. Bier ist wichtiger jetzt.

Ich schaue mich um. Zweifellos tragische Figuren allesamt – kantig, knurrig, aber irgendwie stark liebenswert. Nicht aber sehr gesprächig. *„Ich mach kein' Small Talk"*, sagt mir einer, mit dem ich schnacken will. Und dann sagt er gar nichts mehr, sondern zieht sich ein Bier rein.

Na, mal schaun, was es zu essen gibt...

Hoffentlich fackeln die beiden das Zelt nicht ab! Der Mann am Zapfhahn, tüchtige Runen vom Lotterleben kerben sein Gesicht, zeigt auf die beiden stämmigen Afrikaner. Inmitten von Stichflammen und Fleischdämpfen verrichteten sie ihren Job, umgeben von einem Hauch Voodoo. Hier zählen ruhige Hand und gut geölte Nerven, jedes Zittern kann zu Unruhen führen unter den Hungrigen in der Schlange.

Ich hol mir noch'n Würstchen, sagt der Fotograf, blond, Matthias-Reim-Mähne, auch er im Antlitz deutlich gezeichnet vom Lebenskampf. Steward muss er mal gewesen sein, jedenfalls passt aufs Würstchen mit dem Speckkartoffelsalat noch ein Schnitzel drauf und schlussendlich gar eine Salzgurke. Die Kunst dabei, er beherrscht sie – der Pappteller macht nicht schlapp, kein Senf verkleckert, jedenfalls auf den ersten Metern.

Die Sonne schleicht sich hinter den Turm von St. Michaelis. Dann kommt er. Der Mann, der vermutlich schon als Windelträger Elvis sein wollte. Unter den unzähligen Imitaten des tragischen King of Rock'n Roll wahrscheinlich das Korpulenteste. Aber zünftig immerhin – weiße Hose, Glitzerjacke rot gerüscht, offenes Hemd. Dazwischen wölbt sich reichlich Schmerbauch. Um die berühmte Tolle wenigstens anzudeuten, hat er sein Schütter-Haar auf Harakiri-Art nach vorne gekämmt. Fast bis zur Goldbrille im Monsterformat reichen sie. Na ja, immerhin, das Bemühen ist unverkennbar. Geschätzte hundertfünfundzwanzig Kilo wälzen sich ans Mikro. Uns Elvis rückt die Goldbrille zurecht, lichtet verbal die Anker. *Hallo Leute, nun geht`s los hier. Jetzt ge'm die*

Kiez-Cowboys richtich Gas. Gleich steicht hier die ganz haade Paadie!

Die Kiez-Cowboys legen los. Bob Dylan, Bee Gees, Tom Jones. Von Hans Albers und Freddy keine Spur. Dann Jonny Cash. Alles grölt mit, klatscht im Takt, und wer es noch schafft, lässt die Hüften kreisen. Grinsend macht ein Afrikaner Fotos. Wie unsereiner, wenn er auf Safari ist und eine Horde Schimpansen bei der Massenkopulation knipst.

„Das ist heute wie Table Dance hier, nur ohne Tisch", begeistert sich Elvis, als die Michel-Uhr sieben schlägt. Die Band kommt ordentlich in Wallung. Ziemlich schräger Krach hier, denke ich, aber bester Balsamico für die Seele.

Das Narrenschiff kriegt heftig Wind unter die Segel. Per Seemannsgang kämpft sich die Besatzung an die Fässer, ich mische mit. Verdammt aber auch, überall Kippen, Sandbänke und Untiefen hier! Und ein Meer von Bierbechern, die alle ein Loch haben, zum Glück oben. Doch die Bordkapelle spielt weiter, ähnlich wie beim alten Lord Nelson während kritischer Lage beim Seegefecht. Die Mannschaft muss motiviert werden, auch hier.

Die Stimmung steigt mächtig, sozusagen gen Himmel. *Halleluja!* Höre ich mich irgendwann rufen. *Hallelujah!* rufen die anderen zurück. Ich balle beide Fäuste, recke die Arme empor zu den Wolken. *Halleluja!* ... und nochmals *Halleluja!* ... Was soll man auch in ein Mikrofon rufen, das einem hingehalten wird nach dem neunten Bier?

13

Mit onduliertem Gang zum Klo und zurück – dat schlingert hier man bannig hüt, leeve Lüt! Geht aber nicht nur mir so. *Halt doch mal jemand den dusslichen Kohn gerode,* verlangt einer, dem soeben die Bratwurst über Bord ging. ... *Jungs, ich glaub, die ham hier den Klabautermann,* spökenkiekert es von der Tür her. *Der schlich da eben übern Flur hin. So een mit ganz lange Ohrn.* Wie gut, dass Lehmann nicht mitkriegt, was man da über ihn redet. Der greise Zotteldackel ist längst taub. Mit müden Pfoten schlurft er hinaus, nimmt gelangweilt vor der brüllenden Lautsprecherbox Platz, gähnt noch einmal herzhaft vor sich hin und nickt dann so übergangslos ein, als hätte ihm jemand den Stecker rausgezogen

Ich kämpfe einhändig gegen den zunehmenden Schlingerkurs auf diesem kippeligen Kahn an. Die grüne Eisenstange vom Zaun linkerhand ist es, die mich über die Zeit rettet, als ich, in slow motion zwar, aber wild wie ein Wellenbrecher, den Schlussgong herandonnern fühle. Zu Boden gehen aber andere. Plötzlich liegt ein Mann vor meinen Füßen, auf ihm drauf Big Elvis, die fetten Finger um den Hals des Opfers. Dann wälzen sich die Kontrahenten auf der Erde.

Was war denn los? frage ich, als wir die beiden entknotet haben. *Ich lass mich ... doch von dem ... nicht beleidigen!* keift Elvis, noch im Knien, richtet seine Goldbrille. Mehr will er nicht sagen, zuckelt zur Auswechselbank der Band ... Später frage ich die Sängerin, Typ Berta Breit im Ringelhemd, nach Background und Aggressionsauslöser. *Du bist jo goar nich Elvis!* hatte der Mann wohl gebrabbelt, *Nee, n' Betrüger biste. N' ganz fetter Betrüger...*

14

Mit einem Mal hege ich Verständnis für Elvis und seinen Würggriff. Solche Sätze sitzen. Ganze Lebensträume bersten unter ihnen dahin.

Als sie die ersten Wracks hinausgeleiten („Komm, Uwe, du hast nu genuch..."), rüste ich gedanklich zum Rückzug ... Doch jetzt passiert es. „Nu kümmt uns Hans un sine Songs vonne See", tönt Elvis. Wen stört jetzt noch die dicke Goldbrille, die Wackler in der Stimme des bäuchigen Bühnenbarden? „Rolling home", „Junge komm bald wieder", „Auf der Reeperbahn nachts um halb eins", „La Paloma". Bierseliges Schunkeln allenthalben, einige knien nieder vor Begeisterung, andere übermannt die Rührung im Stehen. Ich sehe breit strahlende Gesichter und verträante Augen. Zum Schluss vergreifen sich die Kiez-Cowboys noch an Frankie Boy. *"I did it my Way!"* Wohl keiner, der nicht mitgrölt. Ich greife nochmals nach der Halt gebenden grünen Stange und schließe mich dem sentimentalen Singsang an.

Irgendwann habe ich den Absprung geschafft, strauchele in ondulierter Gangart den Treppenausgang hinunter auf die Straße. Da schlägt die Uhr vom Michel neun. Wie jeden Abend schickt der Turmbläser musikalische Grüße in die vier Himmelsrichtungen. Diesmal hat er sich offenbar passend zur Party was ausgedacht. Lauthals, textsicher und inbrünstig mache ich mit:

„Rolling home, Rolling home
Rolling home across the sea
Rolling home to di, old Hamborg
rolling home, min Deern to di"

Welch zünftiges Finale für eine Feier im Seemannsheim! ... Und ein tolles Trostpflaster für einen wie Elvis, wenn er mal auf die Erde kommt.

Paula Plietsch
und das Eierlikör-Drama
(v. Astrid Petersen)

Was denkt so ein Lindenblatt eigentlich, wenn es hoch über dem herbstbunt gefärbten Goldbekplatz Abschied nimmt von Mama Baum, und Sekunden später muss es Bekanntschaft schließen mit bösartigem Beton vom Baulöwen? Obwohl – dieses eine, es hat Glück, es landet nämlich, und zwar Quadratzentimetergenau, im *Cocktail Hugo,* den sich Paula Plietsch gerade gönnt. Ein ziemlich berauschender Startup für den zarten Nestflüchter, irgendwie beneidenswert, denkt sie. Würde jeder Sprung in ein neues Leben ebenso aussehen, um wie viel besser gelaunt könnte doch die Welt sein ... ‚Dieses Exemplar werde ich mit nach Hause nehmen und vorsichtig trockenlegen‘, beschließt Paula. Dann bekommt es einen gemütlichen Ankerplatz im Kultbuch des Dalai Lama – Peace for everybody. Oder war das von Bob Marley? ...

Die Wirtin, bratwurstbrauner Teint, offenbar frisch zurück von Malle, treiben weit weltlichere Dinge um. *Hoffentlich fangen die nicht noch an zu kopulieren,* posaunt sie Paula zu, als sie die „Bruscetta Romeo, extra scharf" bringt. Dabei fixiert sie, unauffällig wie ein Hofhund mit Feuerwehrhelm, die Paare drinnen auf der Tanzfläche, die sich lasziv aneinander reiben.

Schön wär´s ja, so eine horizontale Vereinigung mitten auf einem öffentlichen Dance Floor, seufzt Paula innerlich, parallel dazu malt sie sich schon die

17

Schlagzeile aus: „Hamburger immer triebhafter – Nackt-Tango in Winterhude!" Paulas temporäres Problem sichelscharf skizziert: Sie braucht dringend eine Story. Beim 3K-Magazin, für das sie gelegentlich schreibt (die drei Ks stehen für Karriere, Klatsch, Klunker) werden sie langsam ungeduldig. Kein Wunder, dass Paula schon seit Tagen ein ganzes Fass voller Frust vor sich her rollt. Also höchste Zeit, etwas Einträgliches anzuleiern, bevor das Konto endgültig kein Wasser mehr unterm Kiel hat.

Vielleicht kann Vera helfen. Wenn nicht die Taxi-Queen von Tangstedt, wer denn dann? Paula greift zum Handy. *Du, Vera, kannst du morgen Abend mal Kinski nehmen?*

Vera hat wohl gerade eine Tour in den Hafen. Erst dröhnt ein Schiffshorn, ziemlich dicker Pott, wie es sich anhört; gleich darauf dröhnt Vera herself: *Denkst du, ich hab morgen kein' Dienst oder was? Papageiensitting liegt dann nicht drin,* vernimmt Paula aus dem technischen Bereich ihres Verbalvibrators, der früher mal Hörer hieß.

Auha! Die ist ja man bannig hart in Fahrt, denkt Paula. Wahrscheinlich hat ihr letzter Kunde einen Igel in der Tasche gehabt. Zwölf Cent Trinkgeld oder so.

Veralein, nur morgen Abend, flötet Paula. *Du weißt doch, Kinski neigt am Wochenende zu Depressionen. Eines Tages hängt er noch tot an der Gardinenstange – willst du das?* Natürlich will Paulas First Freundin das nicht. Vera mag keine toten Tiere, sie ist Vegetarierin. Und seit ihr Zwergmops Alfons beim letzten Alster-Eisvergnügen von so einem besoffenen

Voll-Ingo auf Schlittschuhen versehentlich hingerichtet wurde, ist ihr Paulas Papagei vollumfänglich ans Herz gewachsen. Leider hat sie dem pinkfarbenen Federvieh, das ihr Fräulein Professor Frankenstein zur Pflege anvertraute, ein paar Schnacks beigebracht, die sie mitunter tüchtig in Schwulitäten bringen. *Döös.kopp!* ist noch einer der harmlosesten.

Sie einigen sich, dass Kinski morgen mit Vera auf Dienstfahrt geht, während Paula auf dem Kiez frivole Fährten für eine Enthüllungsstory sucht.

Wo bist du jetzt eigentlich? fragt die Taxi-Queen übergangslos. *Nicht, dass ich neugierig bin, aber ...*
Klar, neugierig ist Vera nie. Sie hätte nur alles immer gerne gewusst, haarklein am besten.

Ich sitze vor dem Cafe Romeo in Winterhude.

Das kann Vera auf die Schnelle nicht wechseln.
Äh, Hallo! Was willst du DA denn? Machst du jetzt auf Tischbringdienstmamsell?

Sie lacht ihr schepperndes Lachen, wie eben nur uns Vera lachen kann. Böse gemeint ist es nicht, aber das wissen nur Eingeweihte.

Hier geht gerade eine Tango-Session ab, Vera. Jeden letzten Freitag im Monat, hab ich gehört.

Paulas Ohr identifiziert Luftpumpenähnliche Geräusche. *Willst du dir jetzt etwa einen Latino angeln? Dirty Dancing und so?*
Wieder mal typisch Vera! Immer denkt sie nur an das eine. Was Paula gut verstehen kann, ihr Verschleiß an

19

Männern ist absolut übersichtlich. Wie sie selber sagt, jubelt sie höchstens einmal im Jahr mal. Und nun will sie mir einen Latino an die Wäsche phantasieren?

Quatsch, ich wollte nur an der Bodelschwingh-Kirche ein paar Bücher für den Flohmarkt abgeben. Ein halber Meter Hera Lind und Friends. Da hab ich nebenan Tango gehört und bin hin.

Vera merkt sehr wohl, dass ihre Freundin heute etwas verzagt ist. Sie wechselt die Rolle, das kennt sie vom Zirkus her. Jetzt ist sie, die ehemalige Allround-Artistin, ganz Mutter Motivation für Paula. *Na dann halt mal fix die Augen offen, min Deern. Die Geschichten liegen auf der Straße, weißt du doch – und vielleicht tanzen die ja heute Tango in Winterhude.*

Darauf will Paula sich nicht verlassen. Ob Vera denn nicht was Heißes in petto hätte, fragt sie bescheiden.

Nee, jedenfalls nix, was sich pekuniär verwerten lässt ... Okay, heute Mittag hab ich Micki Krause zu Bodos Bootssteg gekarrt ...

Paula wird hellhörig. Ihre Reporterinnennasenflügel fangen an zu vibrieren wie Hummeln vorm Frontalangriff aufs gelobte Klatschmohn-Land. *Ja und – was geschossen?*

Ihre Antwort saugt Paula sofort den Wind aus dem Großsegel. *Nee, lohnte sich nicht. Der hatte zwar mindestens zweikommafünf Atü auf dem Kessel. Vermute mal, da war Jim Beam im Spiel, Jonny Walker kann auch sein. Aber wen interessiert das heute schon, ob jemand legale Drogen nimmt.*

20

Außerdem hatte er seine zehn nackten Frisösen nicht dabei.

Na ja, denkt Paula, eine hätte ja genügt, nur eine einzige. Schade. Andererseits, Micki ist eh nur was für die Reservebank im Sommerloch. Doch Vera Valendra ist nicht eine, die schnell ihre Flinte in den Doppelkorn wirft. *Aber wir könnten doch wieder was zusammen faken,* tröstet sie. *Wie letztes Jahr, wo wir Senator Paulsen fotografiert haben, als er angeblich gerade von seiner Domina kam.*

In Paula steigen nagende Erinnerungen hoch. *Vera! Das Ding hat mich den Job beim Morgenblatt gekostet! So´n Schiet, jau. Aber konnten wir denn ahnen, dass Paulsen schwul ist?*

Nein, denkt Paula, nur dumm gelaufen. Megadumm sogar. An solchen Tagen möchte man die Schlümpfe würgen, bis sie grün werden.

Vera hat wohl auch nicht ihren besten Tag erwischt heute. *Wart mal eben, min Deern ...*

Paula hört mit, wie sie den armen Martin in der Zentrale verbal auf Taschenbuchformat komprimiert. Kurz darauf ist sie wieder für ihre Freundin auf Sendung. *Sorry, Paula, aber der schnuckelige Schnarchhase brauchte das mal wieder!*

Zurück zu Thema Nummer eins. Die beiden lassen die üblichen Verdächtigen Revue passieren. Irgendwo muss doch eine bannig fette Klatschstory aufzutreiben sein, schließlich leben wir hier direkt am Tor zur Unterwelt. Aber was nützt das jetzt; das Sommerloch

21

hat wohl dieses Jahr Verlängerung beantragt. Zudem stirbt profiliertes Personal langsam aus oder es ist dem Weichspüler seines eigenen PR-Agenten zum Opfer gefallen.

Was waren das für Zeiten, als Drafi Deutscher noch lebte! seufzt Vera. Da hat sie Recht. Mit Jenny Elvers ging auch immer was, aber seit sie, live und betrunken, auf der roten Couch im Regionalfernsehen blanken Blödsinn gelallt hat – das lässt sich nicht mehr toppen... Und Naddel? Na ja, besser als nichts, aber Auflage machen lässt sich mit Bohlens Ex schon lange nicht mehr.

Und sonst? Um Heiner Lauterbach ist es Rentnerruhig geworden, Otto findet sich selbst nicht mehr lustig, Johannes B. Kerner turnt in der Riege der braven Boys, Richter Schill chillt in Kolumbien, und das Teppichluder aus der Altstadt ist so breit geworden, dass sie niemand mehr einlädt. Und gesamtdeutsch? Lodda Matthäus und Besenkammer-Boris gefällt es unten an der Isar besser, und eine Story über Dieter Bohlen ist seit der vernichtenden Leser-Umfrage in der Morgenpost ein No-Go.

Aber es muss doch irgendwo irgendwelche Stars geben, die irgendeinen Skandal machen, um irgendwie aus dem Aufmerksamkeitsloch herauszukommen. Trunkenheitsfahrten, Nacktfotos im Playboy. Sauftouren, Bordellbesuche, Koks-Kapriolen. Wenigstens den Falschen heiraten könnte doch irgendeine Blöd-Beauty, ärgert sich Paula laut.

Wart mal eben, grummelt Vera, *ich muss gerade mal so ne Knalltüte auf seinem komischen Liegefahrrad von der Chaussee hupen. Wahrscheinlich wieder einer aus Pinneberg, der mit der Stadtluft nicht klarkommt!*

Beim Hupen bleibt es nicht, Paula hört Fäkalverbales aus dem Taxifenster fliegen. Danach klingt Vera erleichtert. *So, dem Trollo hab ich mal kurz gegeigt, wo der Frosch die Locken hat!*

Kurz darauf müssen sie Schluss machen, Vera hat einen Fahrgast.

Noch am selben Abend fällt im wahrsten Wortsinn ein Auftrag vom Himmel: Die Mutter des Ex-Oberbürgermeisters feiere ihren Hundertsten, simst Hubert Himmel aus der Redaktion, und sie soll, zusammen mit Vera, hingehen und „eine politisch korrekte Rührstory" schreiben.

Geht klar, Hubert, shortmessaged Paula postdrehend zurück. Hubert Himmel hat immer ein offenes Ohr für sie, da verzeiht sie ihm gerne das Auge, das er immer öfter nach ihr wirft.

*

Handlungsort der Jubelfeier ist das Prinz-Heinrich-Seniorenheim. Steuerbordseitig thront das Bauwerk über Hamburgs Gürtellinie, der Reeperbahn. In dem Grandhotel-ähnlichen Giganten, behütet von einem Glaskuppeldach, das an eine Sternwarte erinnert, residieren Betuchte und Bekannte ihren letzten Stündchen entgegen. Selbstverständlich ist das Ambiente stilvoll, geprägt von maritimem Flair, selbstverständlich mit Hafenblick. Erlebnisküche haben sie dort auch. Alles wie frisch gebacken für einen auf hanseatisch gefärbten Heile-Welt-Film von Rosamunde Pilcher.

Und weil das PHS seinen Bewohnern auch ein Unterhaltungsprogramm anbietet, gibt es im achten Stock ein plüschiges Theater, auf dessen Bühne normalerweise Konzerte, Dichterlesungen und ähnlicher Kulturkleinkram stattfinden. Normalerweise. Aber heute ist nicht normal. Heute gehört die Bühne ausschließlich der Mutter des Ex-Oberbürgermeisters, denn die wird hundert Jahre. „Jung", wie sie gleich im Foyer klarstellt, als sie Paula und Vera zu einem doppelten Eierlikör nötigt. *Aber man fix auf ex, Deerns!*

Das Publikum ist handverlesen, Honoratioren jeglicher Couleur üben sich, vom Maßschneider bestens betucht, im wichtig Aussehen, die zugehörigen Damen schleppen jeweils mindestens drei Pfund an Edelmetall mit sich rum. Pralle Duftnoten wabern umher wie Waschküchennebel bei Oma, nur exponentiell teurer. Insgesamt alles ziemlich etepetete. Man und Frau ist halt wer, sonst wäre man oder Frau nicht hier.

Vor der Bühne wuseln haufenweise Medienleute herum; Zeitung, Hörfunk, Fotografen, sogar ein Fernsehteam ist da. Mittendrin Vera, behängt mit kanonenartigen Kameras, in Bundeswehrhose und Springerstiefeln. Paula im kleinen Halbschwarzen, sozusagen culture mixed.

Sie gehen sich frisch machen. *Also echt – Heidi Kabel wie sie leibte und wie sie lebte,* schwärmt Vera beim Händewaschen über die Jubilarin. *Fehlt nur noch, dass Henry Vahl reinspaziert kommt.*
Paula schaut sie fragend von der Seite an.

Stimmt, klärt Vera auf, *Old Henry aus dem Ohnsorg-Theater, den kennst du ja nicht mehr. Das war zu einer Zeit, als der Koks noch im Ofen verheizt wurde.*

Als sie zurückkommen, sitzt die Mutter des Ex-Oberbürgermeisters auf dem Camel-gelben Sofa von NDR13, eine Familienflasche Eierlikör neben sich, und pafft eine fette Virginia.

Mutter... mahnt der Ex-Oberbürgermeister diskret. *Hier ist Rauchverbot!*

Zwecklos, Mutter pafft provozierend weiter. *Was Helmut Schmidt durfte, kann ich auch!*

Denk doch an deine Gäste, Mutter...

Mutters Gesicht wird mucksch. *Junge, man wird nur einmal im Leben Hundert. Und außerdem, außerdem* ... sie schiebt eine pädagogisch bedeutungsvolle Pause vor sich her ... *außerdem hab ich früher auch nichts gesagt, als du immer diese Marianne-Zigaretten geraucht hast, oder wie die heißen. Kann mich noch gut erinnern, wie die Dinger gestunken haben.*

Der Kopf des Ex-Oberbürgermeisters läuft Cherrytomatenrot an. *Mutter, bitte ... das gehört doch jetzt nicht hierher...*

Lass man, mein Sohn, entgegnet sie schnippisch, *ich vergess' zwar manchmal meine Zimmernummer, aber mein Langzeitcomputer, der tickt so präzise wie ne Schweizer Kuckucksuhr im Schwarzwald.* Sie winkt dem Kellner, verlangt nach dem nächsten Eierlikör.

Und du trinkst jetzt auch einen mit! Das gilt ihrem Sohn. *Wir haben ja lange keinen mehr zusammen schnabuliert. Beim letzten Mal war das, als du deinen Führerschein abgeben musstest, weil du viel zu viel Holsteiner Bauernbier im Tank hattest, näch?*

Der Ex-Oberbürgermeister windet sich wie sich ein Regenwurm auf einer Heizdecke fühlen muss. *Mutter, bitte!*

Der Aufnahmeleiter des TV-Teams, ein adaptöser Sonnenbank-Junkie, schrille Elton-John-Sehhilfe, Currywurstfarbenes Jackett, klatscht in die Hände, er will mit dem Dreh beginnen. *Können wir dann mal, Herrschaften? Ruhe bitte! ... Herr Oberbürgermeister, Ihre Rede bitte ... Und Action! Kamera läuft.*

Mit feierlich mariniertem Gesicht schreitet der Ex-Oberbürgermeister ans Mikrophon. *Liebe Mutter, meine sehr verehrten Damen und Herren, liebe Freunde und Verwandte! Ich freue mich außerordentlich ... Doch* plötzlich flattert etwas Pinkfarbenes herein. Paula glaubt es zuerst nicht – per Direktanflug landet ihr Pflegepapagei auf Veras Schulter. *Kuckuck!* ruft er lautstark in die Runde.

Hanseatisch gedimmtes Gelächter flackert auf. Das freut Kinski. Also setzt er noch eins drauf. *Ahoi.Cäpten!*

Paula ist entsetzt. *Vera, hast du etwa ... das Autofenster...*

... muss wohl ... Aber man bloß ganz sutsche jetzt, min Deern, beruhigt Vera. *Das Ding dreh´n wir schon...*

26

Also, das Ganze bitte noch mal von vorn, näselt der Aufnahmeleiter pikiert.

Der Ex-Oberbürgermeister, noch schmunzelt er, setzt erneut zu seiner Geburtstagslaudatio an. Bei „freue mich" bleibt er wieder stecken. *Bunka.Bunka!* ruft Kinski dazwischen, jetzt sitzt er auf der Kamera, fabriziert deutlich zweideutige Bewegungen mit dem Hinterteil.

Paula erkennt betretene Mienen, aber auch Kichern der Marke „fremdbeschämt" hört sie. Andere haben sich nicht so im Griff, prusten lauthals los. Doch das war offensichtlich nur das Vorspiel. Jetzt hebt Kinski ab, geht im Sturzflug auf die teuren Stores los. Paula ahnt Schlimmes.

Kurz darauf, eine Tüte mit weißem Pulver im Schnabel, hockt Kinski auf der Stange einer Hamburg-Flagge. *Pfeffersack.Pfeffersack!* ruft er von oben in die Runde, in der Linken eine kleinformatige Plastiktüte mit weißem Pulver.

Der Aufnahmeleiter sieht sekundenlang aus wie Billy Black nach dem Out, einige in seinem Team grinsen ziemlich breit. Der Ex-Oberbürgermeister räuspert sich im Fließbandtakt und hält das Mikrophon zu. Gerade noch rechtzeitig. *Koooks!Koooks!* meldet sich Kinski erneut zu Wort.

Paula versinkt fast im Parkettboden.

Nun mook di man nich inne Büx, min Deern, beschwichtigt Vera. *Du wolltest doch ne Story – hier iss jetzt eine!*

Bringt bitte mal jemand diesen fürchterlichen Vogel zum Schweigen! kreischt der entnervte Aufnahmeleiter.

Schwuchtel! kreischt Paulas Papagei zurück.

Ich werde mich bei Ihrer Redaktion beschweren, Frau Plietsch, zischt der Ex-Oberbürgermeister Paula zu.

Sado.Maso! schmettert Kinski ihn nieder.

Endlich kommt Vera mit dem Seil. Manege frei für Vera Valendra! Früher im Zirkus hat sie die Lassonummern gemacht, heute heißt das ja Bondage.

Ich tue es nicht gerne, Kinski, das schwöre ich. Aber wat mutt, dat mutt! sagt Vera. Hastig knüpft sie eine Schlinge. *Schlampe!* krächzt der kühne Krakeler empört und flüchtet samt Tüte auf den Kronleuchter.

Das ist aber ein lebhaftes Tier, bemerkt die Jubilarin. *Wo hat er denn diese Schnacks her?*

Bevor Paula antworten kann, wird Kinski lokalpolitisch. Elb.Vielharrrmonie. Milliarrrdengrab .... abrrrei.ssen!

Der Bausenator hüstelt und nestelt nervös an seinem Krawattenknoten.

Und wie intelligent der Vogel ist, begeistert sich die Mutter des Ex-Oberbürgermeisters.

Kinski, jetzt ganz Torero, pariert Veras Seilwurf. Und während der Kronleuchter in Schwingungen gerät wie eine Schiffschaukel auf dem Buxtehuder

Schweinemarkt, switcht Paulas Pflegevogel thematisch in die Wirtschaftspolitik.

Norrrd.Bank!Morrrd.Bank!

Der Finanzsenator wird so bleich wie Segeberger Kreide.

Doch der Chaosvogel legt nach.

Betrrrrüger!Betrrrrüger!

Die süddeutsche Trachtengruppe, die später auftreten soll, bekreuzigt sich.

Dass ich das noch erleben darf, jauchzt die Jubilarin. *So eine lustige Feier! War das Ihre Idee mit Klitschko, Frau Plietsch?* ruft sie Paula zu.

Kinski, Mutter, das Tier heißt Kinski, korrigiert der Ex-Oberbürgermeister, jetzt hörbar flachatmig. *So wie der Boxer ... äh... Schauspieler, oder war der Sänger?...*

Das falsche Stichwort. Denn nun, der Eierlikör törnt merkbar tüchtig, fühlt sich die alte Dame zu einer Gesangseinlage animiert. *Klar sing ich was. Gute Idee mein Sohn!*

Dirrrty.Dancing! fordert Kinski, hüpft von einem Bein aufs andere und lüftet lasziv die Flügel.

Aber die Mutter des Ex-Oberbürgermeisters gelüstet es nach Klassikern aus ihrer Jugend. *Was Johannes Heesters mit Einhundertvier konnte, krieg ich mit Hundert wohl auch noch hin, näch! Geben Sie mir mal das Mikroskopdingsda rüber, Herr Fernsehmann!* ruft sie dem Currywurstjackenträger zu.

Sekunden später legt sie los. *Auuuf der Reeeperbahn nachts um halb dreiii ... Ob du´n Mädel hast oder Karl May ... Entschuldigung,* sagt sie atemlos, *aber den Rest von dem Lied von diesem charmanten Holländer, den hab ich vergessen...*

Der Ex-Oberbürgermeister wischt sich den Schweiß von der Stirn.
Mutter, das war Hans Albers. Und es war nachts um halb eins!

Aber das mit Karl May stimmte doch, oder? ... War das nicht der mit dem Kommunistischen Manifest?

Mutter! stöhnt der Ex-Oberbürgermeister und entwendet ihr das Likörglas.

Links.Parrrtei! meutert Pavarotti. Die Trachtengruppe aus Süddeutschland verlässt murrend den Saal.
Rrrevolution!Meuterrrei! wird sie von Kinski verabschiedet.

Der Aufnahmeleiter bumst zu Boden wie ein umgekippter Presslufthammer.

Schnell, Riechsalz! schreit jemand.

Eierlikör! Das bringt ihn wieder auf die Beine, ruft die Mutter des Ex-Oberbürgermeisters ins Mikrophon und schenkt sich nach.

Rrrrum!Rrrrum! mischt sich Kinski ein.

Der Aufnahmeleiter sammelt sich wieder. Mit vereinten Kräften wird er auf die Beine gehievt. Er ist schwer genervt und ohne Brille. *Leute! In genau einer halben Stunde,* er sieht hektisch auf die Uhr, *nein, in neunundzwanzigeinhalb Minuten, muss der Film in der Redaktion sein...*

Inzwischen hat Kinski die Tüte zerfetzt. Weißes Pulver rieselt vom Kronleuchter herunter. *Lokal.Rrrrunde!* ruft er.

Ach, wie nostalgisch, bestimmt ist das Ahoi Brause, sagt die alte Dame entzückt. *Die haben wir immer auf dem Kindergeburtstag bekommen. Das prickelt so schön auf der Zunge ... Junger Mann!* sie winkt dem Kellner. *Besorgen Sie mir doch schnell mal ne lütte Prise!*

Die Situation läuft längst aus dem Ruder. *Das ist ja hier wie auf der Titanic!* jammert der Aufnahmeleiter mit Eisbergstimme.

Eiiis.Eiiis! schreit Kinski und schüttelt die Tüte.

Abbruch! Abbruch! schreit der Aufnahmeleiter, Sekunden später wälzt er sich auf dem Boden und rupft mit den Zähnen am roten Teppich.

Bringt mich nach Ochsenzoll. Viel schlimmer kann das in der Klapsmühle auch nicht sein!

*

Schließlich gelingt es Vera, den vorlauten Klamaukvogel hinaus ins Foyer zu locken.

Pass aber gut auf. Und mach die Tür zu, warnt Paula, *er hat gestern im Fernsehen was über Gammelfleisch mitgekriegt.*

Keine Sorge, grinst Vera, *er kann ja kein „G".* Sonst *hätte er doch vorhin Bunga Bunga gesagt.*
Später schaut Paula nach, ob alles im Lot ist. Und tatsächlich, neben dem kalten Büfett hockt friedlich ihr Patchwork-bunter   Panik-Papagei   auf   einer Kübelpalme. Offenbar übt er gerade leise ein neues Wort,   noch   klingt   es   wie   *„Rrrammel.fleisch".* Zwischendurch beknabbert er eine mordsmäßige Chilischote, und Paula bildet sich ein, dass er ihr zuzwinkert.

*

Kurz darauf hat der Ex-Oberbürgermeister seine Rede zu Ende gebracht, jetzt ganz clean von Zwischenrufen.
Seine Mutter ist gewaltig gerührt. Die ganze Aufführung sei ihnen entzückend gut gelungen, versichert sie Paula und Vera mehrmals. Vera und Paula versichern ihr mehrmals, dass sie das riesig freut.

Kommen   Sie   denn   zu   meinem   hundertfünften Geburtstag wieder? fragt sie. *Den Jopie Heesters, den will ich nämlich ganz unbedingt noch knacken.*

Sie versprechen es bei einem doppelten Abschiedslikör, den sie natürlich „auf ex" zu sich nehmen müssn

*

Der Artikel im 3K-Magazin ist dann tatsächlich eine reizende Rührstory geworden. Vor allem Veras Foto fand großen Anklang – der Ex-Oberbürgermeister mit

32

der Jubilarin, auf deren Schulter hockt Kinski, knabbert freundlich an ihrem Ohr. Auf Kinski hatte die alte Dame vehement bestanden, wenngleich mit schwerer Zunge.

Die Action-Passagen mit Kinski hat die Redaktion allerdings gestrichen. Aber die Bildunterschrift, die Vera und Paula nach drei Flaschen Pinot in der Haifischbar eingeleuchtet war, die wurde komplett übernommen: „Zur Freude der Jubilarin hatte unser Redaktionsteam den Papagei „Kinski" (links) mitgebracht."

*

Applaus für Paula Plietsch! grinst Vera, als die beiden vor dem Café Romeo sitzen und sich dem nächsten Cocktail Hugo entgegenfreuen. Sie klatschten sich ab. So darf es gerne weitergehen!
Äction.Bittä!Äction! hören sie Kinski im Auto den Aufnahmeleiter nachäffen.

Freibeuter
in Hummels Schatten
(v. Carlos de Seewo)

„Kornträgergang", sage ich, während ich mich in die Taxe schwinge. „Sach' jetzt bloß noch Blauer Peter zwei", grinst der Fahrer, Mittfünfziger, unrasiert, dünn wie ein Elb-Aal, Cowboyhut und Mike-Krüger-Visage, und stöpselt seine Zigarillo im Aschenbecher zu Tode.

„Genau", sage ich, „Blauer Peter zwo".

Seine Gesichtszüge kippen ins Schildkrötenähnliche. *„Mann, Mann, harter Laden da. Hab ich mal den Absturz meines Lebens gehabt. Haut mir meine Alte heut noch um die Ohr'n, wenn's mal wieder rund geht zwischen uns."*

Pures Eheglück hört sich anders an. Er wendet sich seinen Job zu, flucht über das Auto, das momentan nur auf drei Zylindern daher humpelt, hupt wütend einen Fahrradfahrer von der Piste. Ein paar Straßen weiter ist er wieder guter Dinge, lässt sein Hillbilly-Talent aufblitzen.

„Schnucki, ach Schnucki,
fahr mich nach Kentucki
in der Bar Old Shätterhänd
spielt heut ne Indianerbänd ..."

Altes Liedgut aus seinem 68er-Leben offenbar.

Wir passieren das Hummeldenkmal.

„Hummel, Hummel", ruft mein Daimler-Cowboy. *„Der Bengel grüßt wieder nich"*, meckert er. *„Na ja, kein Wunder, bei dem seine Vergangenheit ..."*

Ich schiele fragend von der Seite. *„Na ja, das mit dem Wasserträger, dat stimmt ja man nun so auch nich. Dat steht wohl inne schlaue Bücher drin. Aber ich bin da unten groß geworden, da innes Gängeviertel. Ich kenn die wahre Geschichte von uns Hummel. Von wegen Wasser – Bier hat der geschleppt! Ganze Eimer voll. Konnte der doch viel mehr Kohle mit machen. Waren ja damals bannig viel Kornträger unterwegs da, glöv mi dat. Und die hatten dauernd Durst, die Jungs"*.

Ich erfahre weitere Details, mit denen er die offizielle Historie zurechtzimmert. Dass im Kornträgergang früher die leichten Mädchen standen. Dass sie den Kornträgern ihre schwer wiegenden Aufgaben versüßten.

Schepperndes Lachen, Blinker links, Seitenstraße, Vollbremsung.

„Blauer Peter zwo" triumphiert mein Droschken-Gaucho. *„Gruß an Klabautermann-Klaus"*, ruft mir noch hinterher, als ich die spärlich beleuchtete Gastwirtschaft ansteuere. *„Und lass dir bloß nich auffe Finger treten, wenn du wieder rauskommst!"*

Schrottreifes Lachen, ein Streichholz für die nächste Zigarillo flammt auf. Auf drei Zylindern stottert das Gefährt von dannen.

Blauer Peter Zwei. Ein richtig gutes Branding für einen Freibeuterkahn wäre das, denke ich, die blauen Neonlichtschlangen an dem geduckten Gebäude im Blick. Freibeuter ... Und tatsächlich, die Tür quietscht wie Türen in alten Piratenfilmen auf alten Piratenschiffen nun mal quietschen. Noch im Türrahmen wird mir eines klar, hier, im Blauen Peter zwo, muss der Begriff „Kaschemme" ans Licht der Welt getorkelt sein. Da waren die Kornträger wahrscheinlich schon ausgestorben. Aber Korn, den gab's dort weiterhin, wenngleich man ihn nicht mehr tragen musste. Schütten geht eben viel leichter.

Irgendwie gediegen, die kleine Schmuddelschänke mit dem altbackenen Tresengalion, über der schlapp eine alte Schiffsglocke baumelt. Täglich Flaschenbierausschank, verkündet ein Schild. Heutzutage trifft sich dort die Prekaria des Viertels. In zwangloser Folge sozusagen. Da kann es schon mal zu Turbulenzen kommen, Schräggang und so. Wenn Planken schwanken – selbst hochmoderne Navis sind dann machtlos. Hier hilft man sich mit traditionellem Rüstzeug. Für alle Fälle hängt ein Rettungsring neben dem Tresen. Von der „MS Monrovia", wahrscheinlich im Frühstücks-Küstennebel gekentert, weil der Kaptein nicht fix genug von der Buddel wegkam, als es mulmig wurde.

Ihre besten Zeiten hat die Kneipe längst hinter sich. Es muss hoch her gegangen sein damals. Sagt jedenfalls Klaus, der Kneiper, den alle Klabautermann-Klaus rufen.

„Da inne Ecke, da stand immer der Stapel mit de Bierkisten. Bis da oben anne Decke ging der. Aber

mindestens drei Reihen, sach ich dir. Ruck zuck, hatten wir die Pullen weggemacht. Mindestens einmal die Woche kam der Bierkutscher mit ner neuen Fuhre ..."

Fünf Gläser Jamaica-Rum später, Kneipergarn oder nicht, spinnt er am Heldenepos des Kleinkiez-Etablissements.

„Einmal war sogar Hans Albers hier. Rühmann auch. Mann, waren die beiden dicke! Da vorne", er deutet nach draußen, „da haben sie unter die Laterne gekotzt. Rühmann zuerst, dann der blonde Hans. Direkt auf Rühmanns weiße Samba-Latschen. Und dann haben sie gesungen. Flieger grüß mir die Sonne, Hein Mück aus Bremerhaven und so. Konnt'st ja nix mehr verstehen bei denen ihren Suff."

Mit der Tabakspfeife bequalmt Klaus goldene Vergangenheit und die schlaffe Schiffsglocke zugleich. Heutzutage holt er das Bier in Sixpacks vom Supermarkt. Die Zeiten wurden schlechter, die Arbeit weniger, schließlich dann hat ihn die Brauerei von der Lieferliste gestrichen. Zu viel Miese, haben sie gemeint.

„Was willste machen, irgendwann hatt' ich hier mehr unbezahlte Deckel liegen als ne Rolle Klopapier Blätter hat."

Der fetteste, verrät mir Klaus, sei vom Gerichtvollzieher Gehrke. Den hätten sie erst besoffen gemacht und dann zusammen mit der dicken Dorle von der Aldi-Kasse fotografiert, erfahre ich. Serviert mit einem Grinsen, wie es wohl zwischen Hamburg und Haiti kein zweites zu sehen gibt.

„Beide voll wie die Fregatten aufm Klo. Die dicke Dorle sein' Hut opp und er den Rettungsring um'n Hals. Weiß gar nich mehr, wer das noch geknipst hat. ... Ich glaub, da hat Eugen noch gelebt. Genau, nur der konnte so knipsen. Die Bilder ... lachst dich ab, Digger. So schräg wie die Titanic zwo nach dem dritten Eisberg sahen die aus. Egal, den Gehrke, den waren wir jedenfalls ein für allemal los. Aber wenn der nich bald seine Deckel bezahlt, du, dann schick ich dem den Gerichtsvollzieher, kannst mir glauben, du!"

Als ich auf das Heimwärtstaxi zu onduliere, habe ich gefühlte zweikommaneun Promille geladen, bin schwer steuerbordlastig und außerdem zahlendes Fördermitglied im Verein zur Rettung Alkohol fastender Seeleute.

Und Klabautermann-Klaus musste ich versprechen, Piratenehrenwort! dass ich bald wieder einkehre, dort im Blauen Peter Zwo. Logisch. So einen Deckel wie heute hat er lange nicht mehr klar gemacht, der alte Freibeuter.

39

Jesus persönlich
nahm mir den Colt
aus der Hand
(v. Ivo Constantin)

Es ging tüchtig auf Weihnachten zu, als es eines Tages an meiner Wohnungstür klingelte. Ich stand auf, zog meinen Patronengurt stramm, rückte mir den Stetson zurecht, prüfte den Sitz meiner Colts und stiefelte zur Tür, breitbeinig und sporenklirrend. *Moin! Hier soll irgendwo ein Sheriff wohnen,* sagte der Mann, der geklingelt hatte, und ich hörte, wie der Respekt an seiner Stimme raspelte. Zünftig gekleidet mit Western-Hut, der garniert war mit schmelzfrischen Schneeflocken und befranster Lederjacke im Kentucky-Style, stand er dort und schaute mich gespannt an. Beinahe hätte ich ihn an Hausmeister Horst verwiesen, den ich vor ein paar Wochen feierlich als stellvertretenden Marshall vereidigt hatte, live und heute noch auf youtube zu sehen. Doch dann fiel mir ein, dass ich mal wieder etwas Abwechslung gebrauchen könnte. *Komm rein, Cowboy, lass uns einen Whisky nehmen,* sagte ich und führte ihn in meine Bar.

Dodge City mitten im Nord-Hamburger Stadtteil Steilshoop, irrer noch: eine Westernstadt auf

41

sechsunddreißig Quadratmetern im dritten Stock? Das wird niemand glauben wollen, der noch alle Tassen unversehrt im Schrank stehen hat. Und doch war es so, und zwar in dem Hochhaus am Gropiusring in dem ich residierte. Dass dort lauter Verrückte wohnten, wusste jeder in der Gegend. Ich war einer von ihnen, sieben Jahre lang. „Schwarzer Marshall" nannte man mich dort, und während dieser Zeit war ich nicht ein einziges Mal nüchtern, nicht auch nur annähernd.

Ich zeigte dem Mann, der sich Little Joe nannte, mein Reich: Den Saloon mit der für Westernkneipen typischen Flügeltür, die man aufzustoßen hatte, wollte man zur Quelle mit dem fröhlich machenden Feuerwasser. Das Geländer, an dem man sein Pferd parken konnte. Das Office mit dem rustikalen Schaukelstuhl aus massiver Eiche vor der Tür, in dem sich dösend der Mittagshitze trotzen ließ. Den speckigen Sattel, der einst Buffalo Bill gehört haben soll, daneben das Wagenrad einer Postkutsche. Auch die Schmiede mitsamt der Hufeisen-Sammlung, die Bildergalerie mit den Portraits renommierter Revolverhelden, angefangen von Wild Bill Hickcok über Billy the Kid bis hin zu Butch Cassidy zeigte ich dem Fremden. Sogar einen Galgen gab es, wie in jedem richtigen Western-Nest.

Wir tranken Whisky bis zum Morgengrauen. Es wurde immer schlimmer mit dem Trinken, der Alkohol-Marathon hätte mich fast umgebracht. Ich war selten allein, stets gesellten sich Personen zu mir, auch wenn die meisten von ihnen nur in meiner Phantasie existierten. Wir plauderten, wir hörten Westernmusik, und wir tranken, bis ich zusammensank. Zum Schluss habe ich sogar meine Miete versoffen. Als ich aus der

Wohnung fliegen sollte, lieh ich mir das Geld – vom Türken im Shop nebenan, bei dem ich morgens um sieben schon vor der Tür lauerte, bis er endlich aufmachte und mir Bier verkaufte. Gegen Abend, nach dem Mittagsschlaf, wechselte ich dann zum Whisky.

Ich glitt immer öfter ins Delirium, geriet zeitweise völlig aus der Furche. Zwar blieb mir die Performance weißer Mäuse – aus den Tapeten kriechend und Rumba tanzend – erspart, und im Bad robbten keine Milkafarbenen Krokodile herum. Zum Glück brach auch kein siebenhörniger Stier durch die Tür. Doch eines Tages, ich meine, es war der zweite Weihnachtstag, nahte der Schlussgong heran. Es ging auf Mitternacht zu, ich war, in persona von John Wayne, wieder mal damit beschäftigt, vor dem Spiegel das Ziehen meines Peacemaker Colts zu optimieren.

Plötzlich bemerkte ich hinter mir eine Gestalt. Mir fuhr der Schreck in die Knochen. Ein Killer in meinem Rücken? Indianer auf dem Kriegspfad? Aber dann sah ich mit einem zweiten Blick, dass der Mann, der da in seinem freundlichfarbenen Gewand hinter mir stand, ganz und gar friedliche Absichten hatte. Dafür war er bekannt auf der ganzen Welt, und ich kannte ihn seit meiner Kindheit. Schnell wurde mir klar wie die Sonne über Arizona, wer da hinter mir stand. Er, höchst-persönlich, hier in meiner kleinen Westernstadt? Ich fühlte mich schwer geschmeichelt. Langsam trat der Mann näher an mich heran. Dann legte er mir seine Hand auf die Schulter. *Es ist gut jetzt, Ivo,* sagte er mit sanfter Stimme. Bevor ich reagieren konnte, war Jesus wieder verschwunden.

Einen Tag später war ich beim Arzt, nach einer Woche steckte ich mitten im Alkoholentzug. Dort lernte

ich im Rahmen der Therapie das Malen. Und das rettete
mir das Leben

     ... All das ist nun über zehn Jahre her. Alkohol
und einen Colt habe ich nie wieder angerührt.
Stattdessen wurden Pinsel und Palette meine besten
Freunde.

Paula Plietsch und der Hai von Heringsdorf

(v. Astrid Petersen)

Haben Sie Enten an Bord? Der Passagier im eleganten Flanellanzug flüstert fast verschwörerisch.

Solch eine Frage kann wohl kaum eine Flugbegleiterin kontern, nicht mal Paula Plietsch. Wie auch, beim Boarding ist derlei Recherche unüblich, selbst auf dem Wald- und Wiesenflughafen Heringsdorf auf der Insel Usedom in der südlichen Ostsee. Doch kurz darauf hat Paula ihre Gesichtszüge wieder justiert, wenigstens einigermaßen. *Mein Herr, die Menükarte finden Sie an Ihrem Sitzplatz ...* Der Mann im eleganten Flanell fühlt sich missverstanden. *Pardon, Madame, aber es handelt sich nicht um den lukullischen Aspekt dieses Ausfluges. Es ist nämlich ... äh ... meine Gattin ...* Er deutet auf eine Dame im Obelix-Format, die in sicherem Abstand wartet, gehüllt in einen voluminösen Mantel aus Flamingofedern, die Ohren eingekeilt zwischen Kopfhörern im Untertassenformat.

Der Mann räuspert sich verlegen, geht dann zum Outing über, Häppchen für Häppchen. *Sie müssen nämlich wissen ... meine Gattin, sie ...* Er windet sich wie eine Giraffe auf Skiern im Startbereich einer Sprungschanze. *Es ist nämlich so ... sie ...*
Paula blickt ihn aufmunternd an.

45

Sie leidet an einer Anatidaephobie, stößt er hervor.

In Paulas Mienenspiel tummeln sich fette Fragezeichen. Sogleich hilft ihr der elegante Mann aus der Verlegenheit. *Verzeihen Sie, Madame, ich vergesse stets – diese Diagnose ist nicht allseits bekannt. Formulieren wir es einmal etwas volkstümlicher ...* Wieder räuspert er sich. *Es ist ... also ...* Nach einem finalen Verlegenheitsräusperer bricht es schließlich aus ihm heraus. *Nun gut! Es ist die Furcht, von Enten beobachtet zu werden!*

Vor ihrem geistigen Argusauge jettet Paula überschallgeschwind durchs Handbuch für Problem-Passagiere. Nicht ganz leicht für sie, ihre Stewardess-Karriere war kurz, schon nach dem ersten Probeservieren wurde sie abserviert, und hier jobbt sie als Ein-Euro-Aushilfskraft.

Mein Argusauge ist heute ziemlich langsam, findet Paula. Aber dann !Bingo! der Erinnerungsblitz: Stichwort Empathie. Jetzt gilt es einfühlsam zu sein, Interesse zeigen! Mitleiden mit dem Mann der Entenfürchtigen. *Lebendige Enten?*

Die Antwort des Passagiers retourniert präzise und ohne einen Hauch von Vorwurf. *Mit Verlaub, Madame, vor verblichenen müsste sich meine Gattin nicht fürchten. Auch sind solcherlei Erscheinungsformen der Medizin nicht bekannt, sofern ich richtig informiert bin.*

Als Paula ihm versichert, es drohe keinerlei Gefahr, die Maschine sei durchweg frei von Federvieh, signalisiert der Elegante der Obelixformatigen durch schwingende Arm-bewegungen, sie könne zum Boarding heranflattern.

Was für ein kultivierter Gentleman, schwärmt Paula. Wenn doch nur alle Männer so wären ... Ganz und gar unwillkürlich holpert Dauerverehrer Hubert Himmel über ihren Gehirnbildschirm ...

Die übrigen Passagiere, die ungeduldig im Zubringerbus mit den sichtfesten und ganz in himmelblau getünchten Scheiben warten, machen einen weitaus weniger kultivierten Eindruck. Kurt Krüger aus Karlshagen etwa, früher Melker, heute gut gerüstet mit Bauch, Büchsenbier und BILD. In kritischen Situationen, etwa bei leeren Gläsern, neigt er zum Rülpsen.

Oder Olaf Olthoff, Dorffrisör in Anklamm, der aus Geizgründen nur Freibier trinkt. Seit er in der Tombola des Skatclubs eine Monatskarte für die Reservemannschaft der Krösliner Kickers gewann, nennen ihn alle Olaf Glückspilz. Auch Chantal Fischer ist mit von der Partie. Sie träumt von einer steilen Karriere als Unterwäschemodell. Derzeit verdient sie ihre Brötchen noch in der Bäckerei Schuhmacher, dort hat sie einen Job als Verkaufsberaterin in der Abteilung Blätterteig. Ihr Allgemeinwissen bezieht die Stroh-Blondine aus der Gala, ihre Kleidung von Klick. Weil

47

„Schantall" für Kunstlippen spart und ihre Augen stets in einem Sumpf aus Kajal schwimmen, wird sie von rot gelichterten Gerüchten verfolgt. Auch an Bord erregt sie, wenngleich nur Aufsehen.

Mann, Mann, wat is dat denn für ne blonde Brosche da vorne? ... Junge, Junge, die hat ja Augenringe bis zum Kinn!
Die schrägen Einwürfe kommen von den hinteren Rängen. Dort hat sich der Kegelklub Wilde Welle aus Mellentin breit gemacht, Last-Minute-Bucher auf der Rückreise vom Rhein, einige Akteure noch voll beschwingt von der Rüdesheimer Riesling-Challenge. Sie haben hessische Heimatkunde im Kopfgepäck. *Mann, wat können die Brüderle dort saufen!* Auch die Kegelbrüder spekulieren offensiv auf Freibier. Vorsorglich haben sie noch via E-Mail eine Kiste Bommerlunder auf Eis legen lassen, auf Vereinskosten.

Alle Passagiere schweißt ein gemeinsames Motiv zusammen – die himmelblaue Anzeige im Usedom-Kurier hat sie angelockt. *„Testen Sie den neuen Ausflug-Service der Nostalgia BlueLine. Gehören Sie zu den Glücklichen der ersten Stunde. Genießen Sie eine fantastische Fahrt ins Blaue. Unser Unterhaltungsprogramm an Bord wird Sie umwerfen. Alles kostenlos",* so lockte es dort, himmelblau leuchtend und in daumendicken Lettern.

Das kommt gut an, das hören alle gern. Auch Greetje Grote aus Greifswald, sie ist wegen Liebeskummer hier;

Paul Zillmann aus Zinnowitz, begeisterter Schottlandfahrer und notorischer Rabattmarkensammler, ebenfalls. Nicht zu vergessen Übergewichtler Horst Müller aus Bad Sülze, den sie in seinem Dorf den rollenden Schinken nennen. Hinzu kommt der übrige Schnäppchenjäger-Tross aus der Region. In letzter Sekunde trudelt auch noch ein Pulk peinlicher Partynudeln aus Peenemünde-Nord ein.

Die Sitze sind nicht nummeriert. Gegen fetten Aufpreis gab's aber Reservierungen. Daher sitzt Ernst Buhr am Notausgang. Wie in seiner Stammkneipe. Weil ihm, allen Bauernregeln zu Trotz, vom Schnaps schnell schlecht wird.

Is ja richtig spannend hier, näch Else? Er deutet auf die Kabinenfenster, auch die himmelblau und undurchsichtig. Seine Eheholde, heute im Klatschmaulroten Kostüm, trägt noch die Yeti-Blue-Brille auf dem Hennaroten Haupthaar.

Die spannungsfördernden Sichtverhinderer mussten alle Mitflieger aufsetzen, bevor sie die Maschine bestiegen. Schließlich traf man sich zu einem Ausflug ins Blaue. Wahrscheinlich gehört dieses Blinde-Kuh-Boarding schon mit zum Unterhaltungsprogramm, hatte sich Else gefreut, als sie sich im Entenmarsch die wackelige Gangway hinauftasteten. *Ü.ber.rasch.ung!* hatte sie gutlaunig in die Runde geflötet. Allerdings zum Ringelpiez mit Anfassen, dazu war es nicht gekommen. Schade aber auch, denkt Erna.

Ansonsten kann man kaum meckern. *Wat isses gemütlich hier!* Elses Ernst ploppt sich eine Flasche kühles Kultbier auf. Neun Euro neunzig. Plus Pfand und Glasbruchversicherung, aber egal heute, man gönnt sich ja sonst nix. *Hmmmmh! Gebraut mit Küstengerste,* schwärmt Bauer Buhr in sich hinein, nimmt ein paar Züge und lehnt sich zurück, sichtbar entspannungsbereit. Doch seine Angetraute wuchtet ihm derart schwungvoll-gönnerhaft ihre Landfrauenpranke auf die Schulter, dass Ernst ernsthaft mit seiner Secondhand-Zahnprothese kämpfen muss. *Das flenst aber, näch Ernst?* Ich müsste mal die Haftcreme wechseln, denkt er noch, da trifft ihn der nächste Keulenschlag. Diesmal verbal. *Lass ma sachte angehn, Jung. Erst ma nachhaken, ob die überhaupt Spuckbüdel an Bord ham!*

Else lacht, so wie Else Buhr immer lacht, wie ein Rabe, der gerade eben den Räucherschrank vom Nachbarn geknackt hat. Das kommt von ihren Zigaretten – „Rigorosa" von Rothemdchen, meist auf Kette, gerne auch als flotter Dreier-Torpedo vorm Frühstück in die Lunge abgefeuert.
Und wenn ihrem Ernst wirklich schlecht wird? Else Buhr fragt bei der Flugbegleiterin nach. Nein, keine Air Sickness Bags. Die seien nicht nötig, beruhigt Paula, der Ausflug verliefe ohne Turbulenzen und Luftlöcher das könne sie garantieren.

Else ist zufrieden. Überhaupt keinen Zirkus machen die hier im Flugzeug mit Anschnallen und so. Rauchen ist auch erlaubt. Und das Schönste: man merkt fast gar nicht, dass man in der Luft ist! Ab und zu mal ein kleines Ruckeln, ja, aber sonst ... Was die Technik heute alles möglich macht, freut sich die Bäuerin, sagt aber nichts. Wer will schon als Bangebüx dastehen. So wie die, die immer so erleichtert klatschen, wenn sie die Landung auf Malle überlebt haben.

Die ham sie aber prima restauriert, die Maschine! Hans-Jürgen Hövermann kennt sich aus mit Flugzeugen. Seit seiner vollumfänglich verpatzten Hochzeitsnacht klebt er im heimischen Bastelkeller alle Modelle zusammen, die jemals in echt deutschen Boden berührten.
Iljuschin, Baujahr 68, sagt der pensionierte Fliesenleger, *da war Erich noch Kanzler und die Rente war Heuschreggensischer.*

Hansi, musst du schon wieder politisch werden, mahnt Gattin Ilse, die freitags die Käsetheke bei Karstadt in Köstritz macht. Hövermann, dessen Wiege, wie er immer betont, in „Gemmnitz" schaukelte, ist sonst nicht der Typ für Widerworte. Erst kürzlich bekam er vom örtlichen Strickbüdelklub den Goldenen Heldenpantoffel verliehen. Aber ganz ohne Meldung bleiben, das will er denn doch nicht.

Ach was, bolitisch, mault er, *heut globn doch de meesten, Honecker is ´ne Würstlmarke, und die DDR een neues Pflannsenvernichtungsmittel von Monsando oder wie die glei noch heeßen.*

51

Turbulenzen gibt es dann doch noch. Als nämlich über den Lautsprecher das Kostenlos-Menü bekannt wird. *Zunächst bieten wir Ihnen eine Karlshagener Kartoffelkäfersuppe ... Danach dürfen Sie sich auf die „Silberfischterrine Stralsund" freuen. Und zum Dessert gibt es Sassnitzer Ochsenfrosch in Ameisen-Aspik ...*

Sekundenlang kehrt pralle Stille ein.

Fehlt ja nur noch Hack vom Hamster! erklingt plötzlich eine glockenhelle Stimme. *... oder Seepferdchen-Ragout!* setzt eine andere nach, ebenso glockig. Das sind die beiden Müsli-Mädels mit Madonnenscheitel, die sich im Rostocker Reformhaus für flaches Geld abarbeiten.

Ruhe da drüben bei den Körnerfressern! meutert es aus der Mettbrötchenfraktion. Allen voran Klaus-Dieter Donnermann, Schornsteinfegermeister-Anwärter und erster Ehren-präsident der Königskaninchen-Züchter-vereinigung Putbus. Ihr liebstes Grundnahrungsmittel nicht mit an Bord? Das ginge schon mal gar nicht, rüffelt der Beschwerdeführer mit dem blonden Plattfisch-Stoppelhaarschnitt. Er rüffelt allerdings ins Leere, Paula ist längst ins Cockpit abgetaucht. Weiteres Flugbegleitungspersonal gibt es an Bord nicht. Allerdings auch kein Ausweichmenü, daher bleiben Bestellungen aus.

Sie müssen was machen, Chef, mahnt Paula, *sie werden unruhig!*

Zeit für den Auftritt! Routiniert nimmt Kapitän Schummlich die Pilotenmütze aus dem Karton vom Kostümverleiher und wirft sich in Positur.

Na, wie seh´ ich aus, Paula? Paula bemüht sich um ein diplomatisches Statement. *Perfekt Chef! Die Uniformärmel haben zwar reichlich Hochwasser und an der Hose fehlt ein Knopf. Und die Gummistiefel, die ziehen Sie besser aus. … Aber sonst – so werden Sie die Rädelsführer schon kleinkriegen!*

Und ob er das wird! Schummlich kennt sich aus mit Meutereien. Die Geschichte der Seefahrt ist voll davon. Das weiß er aus den einzigen beiden Büchern, die er besitzt. Schon Kolumbus ließ in vergleichbaren Fällen reichlich Rum ausschenken, steht dort drin, und alle warn´s zufrieden damals.

Der alte Bauerntrick für die Matrosen, er klappt auch bei bäuerlichen Landratten. Routiniert rudert Schummlich die Situation in friedliches Fahrwasser, dies mit den Lockworten „kostenlos" und „Begrüßungsgetränk" über den Bordlautsprecher. Kein Wort davon, dass der Welcome Drink purer Stroh Rum ist. Nicht ohne Hintergedanken ausgewählt, denn die selbst ernannte „Hüttengaudi aus Österreich" zwängt stramme 80 Atü ins Glas.

Wer hat bei solchen Umdrehungen noch Lust auf Meuterei? Im Gegenteil, nach dem zweiten Drink probieren die ersten schon mal die Grundstellung für den Lübzer Lambada. Das ist momentan in im Ostsee-Norden und sieht aus wie ein schräg eingesprungener Tango auf dem Kartoffelacker während es Hagelkörner schauert.

Die Stimmung ist Bombengut, so was belebt das Geschäft. Klaus Schummlich, Reiseveranstalter, Pilot und Moderator in Personalunion, hat Erfahrung darin, wann die Zeit reif ist für den Frontverkauf. Früher klappte das am besten vom offenen Anhänger runter. Idealerweise direkt vor der Dorfkneipe. Doch heute sind zusätzliche Entertainment-Module gefragt, Unterhaltung hieß das früher.

Auf seine geniale Performance ist Schummlich stolz wie Pastor Bolle nach der Weihnachtspredigt. Der waffelblonde Mann mit der polnischen Polka-Locke auf dem Charakterkopf kann schnacken wie ein Gartenhäcksler von Bläck&Däcker. Außerdem hat er ein zupackendes Lächeln drauf. Nicht umsonst nennt man ihn hinter vorgehaltener Hand den „Hai von Heringsdorf".

Ja, Klaus Schummlich weiß er, wie man sich die Beute schnappt. Früher machte er prima Profit mit Kaiserlama-Decken, mit magischen Kochtöpfen und Wundermitteln gegen jede Krankheit und jedes Aussehen.
Sein Meisterstück gelang ihm mit dem Faltenkiller „AntiCanyonQueen" von Bayerlein. Fehlerfrei kann er noch heute die finale Zauberformelaufsagen. Sogar im

Vollrausch, vorwärts und zurück, notfalls auch im Handstand:

Dieses Präparat, Damen und Herren, das ist der totale Anti-Age-Knaller. In eurer Apotheke in Aurich kostet das freche zweitausend Euro. Plus Merkel-Steuer. Ist doch hammerhart, oder näch?!!! ... Ja, du lachst, Tante Irmgard da vorne inner ersten Reihe. Aber nur, weil dir schlecht iss von so pornösen Preisen ...

Käpten Schummlich nähert sich seiner absoluten Hochform. *Doch jetzt Attention, Herrschaften – bei uns kriegt ihr dieses Powerprodukt zum absoluten – ich sage ab.so.lu.ten! – Mega-Vorteilspreis. Weil ich euch nämlich einen Trick verrate: Ihr unterschreibt einfach einen Fünfjahresvertrag als Werbebotschafter. Dann zahlt ihr gerade mal nur noch lachhaft günstige ... Achtung, jetzt kommt´s: nur noch vierhundert.vier.und.vierzig Euro. Noch mal zum Mitschneiden für youtube: vier. hun. dert. vierundvierzig. Das isses euch doch wert, dass ihr Johannes Heesters überrundet. Oder nich?"*

Wohl tausend Mal hatte Schummlich die professionell perfektionierte Abzocke durchexerziert. Immer auf Kaffeefahrten in alten Klapperbussen mit noch älteren Leuten drin. Dreiunddreißig Personen, das war immer seine Glückszahl. Und genau so viele hat er auch heute an Bord. Da bleibt genügend Platz für Bühne und Verkaufstresen. Denn dieser Test hier und jetzt, das ist eine neue Dimension. Heizdecken und

Gelenkschmiermittel an Rentner verhökern, das war vorgestern. Jetzt testet er eine zahlungskräftigere Zielgruppe – handverlesene Landbevölkerung, alle Best Ager, alle in Lohn und Schwarzbrot. Und weil der Landmensch nicht länger hinter dem Vollmond zuhause sein will, werden die Flunder-Telefone weggehen wie Rollmops zu Neujahr im Demminer Dorfkrug. *Jeder von denen geht heute mit mindestens zwei Kilo Kommunikations-Krimskrams hier raus!* hatte er bei der publikumsfreien Probe getönt. *Dafür werd ich sorgen, beim eiligen Zeus!*

Paula lächelt in sich hinein. Sie weiß, dass Schummlich nicht viel hält von den „neumodischen Flachmännern im Frühstücksbrettformat mit denen man im Internet baden kann, während einen die Alte mit Frisörgeschichten zuquatscht". Aber ein richtiger Hardcore-Höker, der vertickt eben alles. Angefangen von Unfallversicherungen für Zwerghamster bis hin zum Monster-Mähdrescher für Kleingärtner. Zur Not sogar Pferdeäpfel in Dosen – dann aber als „lecker Kobe-Kalbfleisch-Klopse" und mit tapfer lächelnden Rinderkindern auf dem Etikett.

Heute hat Schummlich Containerweise Elektronik an Bord. Der Kilopreis, den er aufruft, ist sensationell. Dabei verdient er zwar null, aber die Stimmung ploppt hoch wie ein Erotik-Banner im Internet. Gleich darauf schaltet Schummlich einen Gang höher, auch im Preisgefüge. Schönheitsmittel, sein Kernkompetenzgebiet. Und der unumstrittene Klassiker aller Cash Catcher. Geht immer, egal ob´s schneit oder der Fernsehfrosch die Sonne vom Himmel lügt. Diesmal kommt die Schönheit aber in Bio und aus Omas Kräuterküche. Beides ist derzeit voll in. Und bringt mehr Profit, weil die Pharma-Fuzzis außen vor bleiben.

Als warm up gibt Schummlich den forschen Faltenschreck. *So, meine Damen, jetzt zeig ich euch mal, wie ihr eure Knetgummigesichter in Form bringt. Hinterher sehen die aus wie frisch gebügelt. ... Nix Facebook-Lift, nix Botoxspritze, no Silikon. Alles Frischzellenmagie aus Omas Beauty-Labor. Alles Natur pur ... Und hier isse* – in Cäsar-Pose hält er ein himmelblaues Kunststoffglas hoch – *Rasputina-Gold, die ultimative Anti-Falten-Marmelade aus dem Kaukasus! Ich versprech´ euch eines, Mädels: Übermorgen kuckt ihr wie die Klum!*

Wieder lächelt Paula, diesmal ein paar Millimeter scharfkantiger. Sie kennt die Entstehungsgeschichte der magischen Marmelade. Auf die Idee waren sie beim Restetrinken nach Oma Krügers Neunzigsten gekommen. Während der Posaunenchor per Taxi entsorgt wurde – der Pastor hatte sich längst unter den Tisch verabschiedet – kam der heiteren Jubilarin die Idee, wie sich der verräterische Marmeladengeschmack wohl am besten über-tünchen ließe. *Do nehmt wi bloß ´n büschen Sardellenpaste, min Jung. Denn is dat Seute wech. Un min Mamelode, de schmeckt op eenmal so richtig no Kaukasus.*

An Bord verbreitet sich die Stimmung weiter Richtung heiter. Nach der nächsten Runde Rum navigiert Cäpten Schummlich auf eine andere Zielgruppe zu. Nun piekt er die Eitelkeit der Junggesellen.

Männer! Für euch hab ich hier einen Lockstoff, mit dem kriegt ihr garantiert richtig Schlach bei die Dame eurer Wahl. Sogar wenn sie nüchtern iss! Kennt ihr doch aus der Werbung – Axt, damit hauen Sie jede Astronautin um ... Er fletscht seine Haifischzähne. *... Und ich leg euch noch nen Hammer obendrauf – den Fünfkommafünf-Liter-Eimer Axt-RomeoStar. Die absolute Kontaktrakete, sach ich euch! Zum Mitnahmepreis von supersexy Sechshundert-sechsundsechzig Komma, sechsundsechzig Euro!*
Prompt regnet es Aufträge. Schummlich weiß eben, wie modernes Frontloading funktioniert.
Das Anti-Schnarchspray „Ruhiger Robert" („Da rückt die Mama wieder näher an den Papa, aber Hallo!") wird ebenfalls ein Renner. Erst beim Kochbuch von Conny Cäsch, immerhin durchs Köstritzer Kirchenblatt mit einem Achtel-Stern ausgezeichnet, kommt der Verkauf ins Schlingern. „Neues aus der Baldrianküche" will so recht niemand lesen, und kaufen erst recht nicht. Ähnlich ergeht es dem „runderneuerten" Ratgeber „Geile Kachelöfen bauen" von Wilfried Wehrmann.

*

Wir müssen dringend noch ne Runde Rum reinschmeißen, Chef! mahnt Paula.

Hierfür erhält sie umgehend Grünlicht. Und siehe da, kurz darauf erzeugt die „Werkzeug-App für den cleveren Landmann" absolut bombastisches Interesse.

Käpten Schummlich lacht sein pralles Profilachen. *Der neueste Hammer – direkt aus Chi.ca.go, Loite! Unser Multifunktions-Modell King Cong ... Da iss'n Solar-Maulwurfschreck mit eingebaut. Scheucht die fiesen Stressmaker so butz aus eurem Garten weg. Und kernige Vibrationen haut das Ding raus, ich sach's euch!* Er reicht das Vorführgerät ins Publikum. *Hier fühl mal, Erna – seismische Schwingungen im 30-Sekunden-Intervall. Da denken die Schwarzarbeiter unter eurem Englisch-Grün, sie sitzen inner Geisterbahn, so hart geht das rund! Also, da möcht´ ich kein Maulwurf sein, wirklich nich!*
Auch Alfredo und Ali, das Multikultipaar aus der Deich-Döneria in Demnin, sind mehrdimensional begeistert. Als sie erfahren, das Gerät eigne sich gar als Dachrinnenreiniger und Schuhbürste, ordern sie gleich ein Sixpack.

*

Eine Stunde später, die Bestellformulare füllen schon ganze Umzugskartons, holt Schummlich zum finalen Nachschlag aus. *Sind Autofahrer hier? Mal Handzeichen!* Alle heben die Hand, es sind dreiunddreißig.

Also, Loite, hier hab ich was für euch, da drum wird der Nachbar euch beneiden bis zum jüngsten Gerücht:

59

Das ultimative Navi „Green Place" für das moderne Agrarier-Auto. Langzeit getestet im Fuhrpark vom Landwirtschaftsinnenministerium! ... Und jetzt passt auf! Absolute Weltneuheit – hier kommt das Vier-Stufen-Kuhfladen-Warnsystem für verantwortungsvolle Fahrer. Alles luftdicht eingeschweißt. Luftdicht, sage ich. Auf Wunsch sogar mit Totwinkelwarner. Denn, mal ganz ehrlich, Landladies und Gentlemänner – wer von euch will denn schon kackgrüne Kotflügel haben in diesen rosigen Zeiten?

Die Leute sind schwerstens begeistert, es hagelt Aufträge und Anträge, und Käpten Schummlich suhlt sich, genüsslich und minutenlang, in Standing Ovations ...

*

Chef, wir müssen zum Schluss kommen. In zwanzig Minuten soll ich die Landung ansagen! drängelt Paula. Das wird eng, verdammt eng sogar. Aber ein Käpten Schummlich, der schaltet schnell. *Und jetzt, Damen und Herren, kommen wir zum gemütlichen Teil. ´N büschen Erodig kann ja nich schaden, näch ...*

Schummlich schaltet auf Schummerlicht. Nun ist Paulas First-Freundin dran. Vera, die geduldig auf ihren Auftritt gewartet hat, inkognito und im Gepäckraum, ist ziemlich aufgeregt. Jetzt soll es losgehen mit dem Nebenjob als Mollig-Modell. Verdammich! Mit dem Blink-BH Modell „St. Pauline" auf den wackeligen Biertischbrettern als

Catwalk tut sie sich ziemlich schwer. Alles so schummrig hier, und verdammt eng ist es auch, sowohl Wackel-Catwalk als auch Blink-BH. Ich hätte das verdammte Ding vielleicht doch besser vorher anprobieren sollen, ärgert sie sich. Und dann – nee, jetzt, ausgerechnet jetzt, müssen die beiden Wetterboys da draußen einen auf Luftfahrt-adäquate Action machen und tüchtig windige Turbulenzen faken ...

Zum Finale hin kommt Vera ins Schlingern und ins Fluchen. Beim applausfreien Abgang rempelt sie, aus Versehen, aber radikal, den Schornstein-fegermeister-Anwärter fast von den Füßen. Egal, kurz darauf ist klar, der blinkende BH kommt nicht so recht an bei der versammelten Schnäppchengemeinde.

Eine Ausnahme, wenngleich verspätet, gibt es aber doch noch.

Madame, führen Sie dieses Dessous auch in Größe Doppel-XXL? Paula weiß sofort, wem die verschwörerische Stimme hinter ihr gehört. Der elegante Herr im Flanell. Er bestellt für seine Entenscheue Gattin gleich zwei Exemplare. Eines in Flamingo, das andere Walrossgrau.

*

Draußen geht es fix auf Feierabend zu. Hinnerk Hollmann stellt seinen Traktor aus. Wie im Fluge sind drei Stunden verrauscht.

61

Mann, de Schummlich vertellt do drin jo dat Blaue vom Himmel rünner!

Fritz Mainzel, der Mann auf dem zweiten landwirtschaftlichen Arbeitsgerät, sieht das auch so.

Jau, hast' Recht. Een Buddel Stachelbeermost mit Löwensenf för dreehundert Piepen as ultimativen Schuppen-Schreck verhökern, Mann, dat is man bannig happig.
Die beiden, als Wetter-Boys engagiert, klettern herunter, klatschen sich ab, stecken sich eine Zigarette an. Beide sind ordentlich zufrieden. Das war ja mal ein gemütlicher Nebenjob! Statt den ganzen Tag Runkelrüben ziehen, einfach ab und zu mal die alte Russenkiste kurz mit dem Trecker anruckeln – und schon hat jeder einen Euro-Hunni im Sack. Und für die Malerarbeiten gibt´s sogar noch ne Kiste Küsten-Kümmel obendrauf.
War zwar ziemlich öde, die olle Halle komplett himmelblau anzupinseln. Aber nun lockt als Belohnung ein lecker Wochenende, natürlich bei Bier, Bratwurst und Bundesliga.

Noch schnell Billigkekse und Instant-Kaffee auf die Biertischgarnitur und das Schild „Premium-Büffet" aufhängen. Stramme Selbstbedienung hier, versteht sich. ... Ach ja, und die dreiunddreißig Einkaufswagen bereitstellen für die Schnäppchen der Ausflügler, die gleich flunderplatt den Fake-Flieger verlassen werden.

Dann ist die „Operation Fahrt ins Blaue" für die beiden Hofnachbarn endlich erledigt. *Polonaise nach Blankenese!* hören sie es im Wegfahren fröhlich schallen, als die ersten mit der Notrutsche ans blau gestrichene Tageslicht purzeln.

Hinnerk Hollmann ist das egal. *Nu gif mol fix Gas, Fritz! Nu tuckern wi nach Horsti in' Runkelkrug. Und do trekkt wi us erstmol een bis dree lecker Lübzer rin.*

Die Vampire vom Eilbektal

(v. Carlos de Seewo)

22. Juni. Der längste Tag des Jahres, so hab ich es heute in der Zeitung gelesen. Da ging es um Finnland und dass sie da oben nicht zimperlich sind, was den Alkohol angeht. Lakritzschnaps und so. Und dauernd hell. Ob das nicht nervt, wenn du nicht weißt, wann die Zeit reif ist für die Koje, wann Zapfenstreich für die Zellen, die genervten? Na ja, jedenfalls verlasse ich gegen 22:00 Uhr das Stein's. Das ist die urmelige Kneipe im Handtuchformat, dicht gepfercht an die S-Bahnstrecke zwischen Wandsbek und Barmbek. Dort treffe ich mich immer mit meinem Freund Thomas zum Bierkolonnen-Trinken. Steinwürfig entfernt davon protzt die Einkaufsmeile Wandsbeker Caree, wo tagsüber tüchtig der Euro triumphiert. Seltsam klein, irgendwie geschrumpft und unbedeutend erscheint sie mir jetzt, die mächtige Mall.

Twighlight-Atmosphäre. Wolken im Großformat. Eine Palette aus unaufgeregten Farben ergießt sich über den Himmel. Als wenn ein gutmütiger Riese bunte Eimer auskippt über den Teil Wandsbeks, wo einst Matthias Claudius, der, der den Mond so schön aufgehen ließ in seinem Gedicht, zusammensaß mit Schimmelmann, dem Gutsbesitzer, und beide genossen dort, wo heute tagsüber Autolawinen sich ergießen in Richtung Horner Kreisel, den Freiblick auf die sieben Hauptkirchen Hamburgs.

Am Eilbektal wird's dann erst recht romantisch. Die Bäume, großformatig ihre Blätterpracht aufgezogen wie bei einer Parade dichtgrüner Windjammer, wiegen sich im warmen Westwind. So fühlt sich Abendfrieden an. Durchs Gezweige ziehen Melodien, hörbar kaum und zierlich durchflochten mit einem Hauch von Abendnebel. Der Bach, plätschernd wie seit kleinen Ewigkeiten auf Barmbek zustrebend, webt einen gluckernden Klangteppich dazu, getragen von Sanftmut, die das Element verströmt, aus dem einst alles Leben kam.

Das Vogelvolk hat sich zur Ruhe begeben, mag träumen von morgiger Brautschau und Balz, vielleicht von Nestbau noch und von fettem Gewürm. Und doch flattert und flettert es allenthalben. Fledermäuse jagen dahin zwischen Wipfeln, tauchen ab zum Beutefang, stürzen hernieder auf unsichtbares Kleingetier. Ihres Fluges kunstvolle Choreografie, sie entbehrt jeglicher Strickmuster. Schmetterlinge nur bieten Artistik, die vergleichbar ist. Im Halbdunkel aber und in diesem Tempo, so zaubern nur die flinken Jäger der Nacht. Wie behäbig dagegen wirkt all das, was der Mensch erfand, in seinem Bemühen, mit der Schwerkraft zu spielen.

„Mach bloß keinen Stress. Ich war bei der GSG 5!", donnere ich den großen dünnen Hund an, der plötzlich aus dem Gebüsch bricht, einen dicken Knüppel im Maul, und mich lustvoll mit seinen Augen fixiert. „Der sucht nur einen Spielkameraden", sagt die kleine Dicke, das Frauchen von dem großen dünnen Hund, der den dicken Knüppel im Maul hat und mich mit seinen Augen lustvoll fixiert. Das mit der GSG scheint zu wirken. Ist ja auch nicht gelogen. Zwar war's nicht die weltberühmte GSG mit der 9, aber immerhin, grenzschutzgruppenmäßig gesehen, waren wir in Goslar verwandtschaftlich ganz schön nah dran an den Jungs, die in Mogadischu die Lufthansa-Maschine frei gesprengt haben. Das imponiert auch dem großen dünnen Hund, der den dicken Knüppel im Maul hat und mich mit seinen Augen lustvoll fixiert. Er gibt klein bei und bedrängelt nun die kleine Dicke zum abendlichen Knüppelweitwurf. Im Weitergehen sehe ich den großen dünnen Hund hinter dem fliegenden dicken Knüppel herjachtern. Eigentlich wäre es ja anders rum sinnvoller, fällt mir ein, während ein XXL-Schokoladenriegel im Mund des dicken Frauchen des dünnen Hundes verschwindet ...

Okay, der Trick mit der GSG nutzt sich ab. Den nächsten großen dünnen Hund, der einen dicken Knüppel im Maul hat und mich mit seinen Augen lustvoll fixiert, weil er einen Spielkameraden sucht, werde ich erzählen, ich sei der Boss der Vampire vom Eilbektal. Und die würden ihn, dazu bedürfe es nur eines Fingerwinks von mir, in Windeseile derart seines Blutes berauben, dass er nur noch als Bettvorleger zu gebrauchen sei ...

Manchmal ist es völlig egal, ob man Psychologie studiert hat, wenngleich nur im Nebenfach. Aber der Studienschwerpunkt „Animalistische Beeinflussungsstrategien unter Berücksichtigung der Fließgeschwindigkeit von lokalen Kleingewässern im norddeutschen Abendnebel", der erweist sich ab und an doch als recht hilfreich.

Paula Plietsch rockt das Bauernfrühstücksradio!

(v. Astrid Petersen)

Moin Moin, liebe Hörer! Radio Keksdorf wünscht euch allen einen stotterfreien Start in den Montachmorgen. Am Mikroskop ist Paula Plietsch. Und von mir kriegt ihr heute richtig was auf die Ohr'n. Sogar noch vorm Frühstück. Ich fang gleich mal'n büschen hardcoremäßig an. Und zwar mit "Satisfäktschen" von den Stones, okäy!?

Paula startet den Song, lehnt sich zurück, bläst die Backen auf. Puuuh! Geschafft! Der erste Schnack ist on Air! Zur finalen Entspannung pumpt sie gleich noch das nächste *Puuuhh!!!* hinterher, diesmal mit drei fetten Ausrufezeichen. Doch die Erleichterung währt nur Sekunden. Im Kopfhörer knackt es – auf einmal hat sie schmale Backen, und Bobby im Ohr!

Paula! Du bist nicht mehr in der Pathologie in Pattensen. Da hattest du vorgestern deinen letzten Tag. Heute machst du Probemoderation fürs Frühstücksradio von Radio Keksdorf ... Und das, wo du da reinschnackst, das ist ein Mi.kro.fon. Klar?

Ist klar, Bobby, nickt Paula. Besonders geknickt klingt sie nicht. Warum auch? Es ist noch kein Weltmeister vom Himmel gefallen. Höchstens von der Leiter. Das hat ihr Vera Valendra extra eingetrichtert. („Lass dich bloß nicht unterkriegen da bei diesem Bauernlümmel-Radio"). Recht hat sie. Nur nichts gefallen lassen!

Das Rezept scheint zu funktionieren. Kollege Bobby, der sie einarbeiten soll, wirkt zunehmend entspannter: *Okay, Paula, jetzt um halb sieben, da hat das wohl kaum einer mitgekriegt. Und wenn, dann war's eben der Standardkalauer. Den kloppen neue Moderatoren immer raus bei der ersten Ansage. Iss so ne Tradition, stammt aus Zeiten, wo Oma und Opa noch mit Dampf Radio hörten.*

Ooooch nee! Nicht schon wieder so einer, der am liebsten über seine eigenen Flachzangenwitze lacht! Paula kennt die Profilierungsneurosen ihrer Mitmänner. Aber egal. So'n büschen Schwund ist immer und überall. Was soll man denn sonst sagen zu einem, der Magnum-formatige Hornbrillen von Hornbacher trägt und im Shanty Chor „Keksdorfer Klabautermänner" den ersten Steuermann gibt, gesangstechnisch betrachtet.

Zudem, das weiß Paula von Facebook, sammelt er belgische Bierdeckel aus der Vorkriegszeit und verbringt nahezu seinen kompletten Urlaub in einer Fledermaus-Finca auf Fuerteventura. Aber jedenfalls scheint er nicht nachtragend zu sein, der Bobby.
Also weiter geht´s, Paula. Dann mach nach den Stones man gleich noch die Verkehrsdurchsage hinterher.

Okäy, mookt wi, nickt Paula. Sie ist extrem gutlaunig aufgelegt heute. Wer hätte das auch gedacht, dass ausgerechnet sie, Paula Plietsch, all diese Radio-Rudis und Dampfplauder-Profis glatt abhängen würde, die sich zusammen mit ihr bei Radio Keksdorf beworben hatten. Nun macht sie auf Morgen-Moderation. Und das als Quereinsteigerin. Applaus für Paula Plietsch! grinst sie in sich hinein, das muss erstmal jemand nachmachen. Na ja, eventuell hatte ja die Mutter des Ex-Oberbürgermeisters ihre Hände mit im Spiel ... Aber egal, Job ist Job, wenn auch nur zur Probe.

*

Die Stones sind durch. Paula macht ein paar Räusperübungen, versehentlich ins offene Mikrofon, dann die Verkehrsdurchsage. *So Leute, nach den Faltenrockern aus Old England nu mal fix bäck to crazy Keksdorf. Nämlich mit nem dringenden Warnhinweis für die Fahrer landwirtschaftlicher Nutzfahrzeuge. Also Ohren auf Jungs jetzt: An der Landstraße L 6 bei Bullenhusen, Höhe Gaststätte Pilskrug, liegt ein Kondom auf der Fahrbahn! Die Polizei bittet dort alle Teilnehmer am Verkehr um besondere Aufmerksamkeit!*

Paula startet den nächsten Song. Lehnt sich wieder zurück. Passt prima zum Thema, denkt sie und singt leise mit. *Gaaanz Paris träumt von der Liebe...* Erneut knackt es im Kopfhörer, dann rauscht es, schließlich brüllt es. *Bist du waaahnsinnig, Paula! Hast du sie eigentlich noch alle? Was war das denn für ne schräge*

71

Ansage? Mensch, es geht hier um Straßenverkehr! Bobby nebenan im Regieraum ist komplett aus dem Häuschen. Jedenfalls tut er so. Der Grund will Paula allerdings partout nicht einleuchten.

Wieso? Ich hab doch nur die Warnung von unserem Verkehrs-Scout weitergegeben. Hektor oder wie der heißt.

Paula! Der Hektor heißt Victor. Und er hat Rollo gesagt, Rollo!

Kondom hat er gesacht!

Rollo, verdammt nochmal! Ich hab ihn doch extra gefragt

Nein, Kondom, ganz bestimmt!

Wie soll denn ein Kondom auf die Fahrbahn kommen, morgens um halb sieben? dröhnt es in Paulas Ohr. *Vielleicht hat das ja was mit dem Rollo zu tun,* zickt Paula zurück.

Wohl eher mit diesem Voice Translator, denkt Bobby. Das Ding ist aus der Steinzeit der elektronischen Sprachübersetzer, schwerhörig und unverbesserlich. Den hat er mal auf dem Flohmarkt geschossen, zu mehr reichte das Geld nicht. Geht natürlich auf Kosten der Qualität. Das Teil schreibt schon mal „Sperma" auf den Bildschirm, wenn Sperrmüll gemeint ist.

Bobby schnauft wie ein Nilpferd. Das kommt von seinem Übergewicht. Oder von den zu engen Breitcordhosen, in die er sich immer reinzwängt. Oder von den Hosenträgern, Marke Hohlkreuz von H&N. Jedenfalls ganz schön nervig, die Neue! Also kurz noch mal nachtreten. *Und ... und außerdem heißt die Kneipe Pilzkrug, verdammt!*
Aber er muss heimlich zugeben, dass Victor manchmal schlimmer nuschelt, als es für alle Beteiligten gesund sein kann. Na ja, andererseits ... Mit einem Mal fliegt ihm ein ganzer Wespenschwarm von Ideen zu, wie er das Kollegen-Genuschel ausnutzen könnte.

Egal, beschwichtigt er geschmeidig, *wir müssen als nächstes den Wetterbericht raushau'n.* Damit erwischt er Paula voll auf dem falschen Fuß. *Welchen Wetterbericht? Ich hab hier jedenfalls keinen. Woher sollen wir den denn kriegen?*

Kannst ja mal eben bei der Stonsdorfer Sternwarte anpingeln. Vielleicht können die einspringen, spöttelt Bobby.
Am herzhaftesten lacht der regierende Platzhirsch tatsächlich über seine eigenen Scherze. *Marke Eigenbau und spontan serviert!* sagt er immer, wenn er selber moderiert. Schließlich muss man was tun, wenn man es zum Kultmoderator bringen will. Und die Wahl zum Moderator des Monats steht kurz vor der Tür. Aber von dieser Paula, die sie ihm da aus Hamburg geschickt haben, nee, von der Deern muss er nun wirklich keine Konkurrenz befürchten.

73

Machen wir alles selber, sagt er gönnerisch und schnippt sich die zigste Zigarette an. *Wozu gibt's denn Wetter-Apps? Ansonsten hältst du einfach den Daumen aus'm Fenster. Bei Regen sagst du Regen an und bei Sonne dann eben Sonne. Klappt immer.*

*

Verdammte Axt! denkt Paula. Sie hat keine Wetter-App. Sie will auch nicht den Daumen aus dem Fenster halten. Etwas mehr Niveau darf schon sein, findet sie, auch für die Hörer von Radio Keksdorf. Sie nimmt ihren Notizblock und strickt sich einen eigenen Wetterbericht. Wäre doch gelacht, wenn ich das nicht in Eigenarbeit hinkriege, dieser Schnösel nebenan wird sich noch wundern, mosert sie in sich hinein. An Kreativität hat es ihr schließlich noch nie gemangelt.

Nach zwei Songs ist der Wetterbericht fertig. *Hallo liebe Leute, hier ist wieder Paula Plietsch! Und ihr hört weiter das Bauernfrühstücksradio. Bestimmt wollt ihr wissen, ob es morgen regnet. Hier also die Aussichten, frisch gezapft bei unserem Wetterhahn Jörn Fackelmann vom Toblerone-Klimaservice: Morgen wird es kühler in Keksdorf. Der Grund ist ein Tief über der Biscaya, das hinten nicht hoch kommt. Und das rangelt sich über dem finnischen Meerbusen mit dem russischen Wolkenschieber „Wladimir Puh". Aber kein Grund zur Beunruhigung, liebe Leute, anderswo isses noch viiiel schlimmer. Am Nordpol schneit es, und auf Hawaii, da gibt's kaiiin Bier.*

Paula startet „It´s raining Men", von den Weather Girls. Und während sich die fünf pfundigen Afro-Granaten popowackelnd durch den Text lechzen, atmet Paula freudig durch. Das war ja mal ne spontane Nummer jetzt! Sie geht zum Spiegel im Flur und klatscht mit sich selber ab. Jetzt dürfte es gerne rote Rosen regnen! Silberkonfetti wäre aber auch okay. Jedenfalls findet sie sich langsam ziemlich gut.

Ziemlich schnell findet sie auch die CD mit dem Hawaii-ohne-Bier-Song. Die wird hier regelmäßig beim Sonntagsvormittags-Stammtisch-Wunsch-konzert durchgenudelt. Während die olle Kamelle durch den Äther schunkelt, gibt´s für Probe-Paula ein weiteres Mal Saures. *Nee, nee*, nörgelt Bobby ihr ins Ohr, *Frühstücksradio wär voll korrekt gewesen. Bauernfrühstücksradio lass ich auch grad noch durchrutschen. Aber komm mir bloß nich beim nächsten Mal mit Bauerntrampelfrühstücksradio um die Ecke. Der moderne Landmann hört sowas gar nich gern, kannste mir glauben. Nich, dass die uns noch mit ihren Treckern umzingeln, wenn wir Feierabend machen wollen.*

Landwirtschaftliche Zugmaschinen! kontert Paula unverzüglich.

Bobby ignoriert Paulas Insiderwissen und winkt verbal ab. *Egal, nach der nächsten Mucke müssen wir den Werbeblock raushaun.*
Kurz darauf hört es Paula nebenan rascheln, klappern und rumsen. Ein paar leere Bierflaschen klötern. Dann reißt Bobby die Tür auf. Der Mann mit der totblondierten Jesusfrisur über dem

75

Aschermittwochgesicht scheint untröstlich. *Ich hab den Text verlegt. So´n Mist aber auch. Zehn Minuten noch bis zu den Commercials ...*

Aber warum grinst er dabei wie ein Kaninchen während der Kopulation? fragt sich Paula. Ein Notizzettel landet auf ihrem Tisch. Die Gebrauchsanweisung dazu serviert Kollege Bobby persönlich und verbal. *Hier sind die Kundennamen. Improvisier einfach was. Ich muss jetzt los. Jan und Hein und Claas und Pit vom Shanty Chor, die warten im Pilzkrug auf mich. Wir müssen noch das Programm für den Gala-Auftritt am Sonntag beschnacken.*

Dann ist er weg, den penetranten Geruch von Irisch Moos, mit dem er sich einmariniert hat, frech hinter sich zurücklassend. Kann man nix machen, denkt Paula, als sie die Fenster aufreißt. Leider ist dieser Mückenmagnet das aktuell absolut angesagte Keksdorfer Kult-Parfüm.

Paula lehnt sich zurück, legt die Füße auf den Schreibtisch. Puuuh! Der hat Nerven, der Dicke. Haut einfach ab und lässt mich mit dem ganzen Werbekram sitzen. Commercials nennen die das. Doch Paula wäre nicht plietsch, würde sie das aus der Laufbahn werfen. Na, mal schaun, denkt sie, wer hier eigentlich wirbt und wofür. Gar nicht so einfach, das alles zu sondieren. Die Kritzeleien auf Bobbys Notizzettel entpuppen sich nämlich als eine Mischung aus ägyptischen Hieroglyphen und japanischer Teekarte. Aber Nüsse sind zum Knacken da. Denen wird sie es schon zeigen, was sie alles drauf hat. Einen Werbeschnack erfinden, das kann so schwer doch nicht sein! Sie brütet, knabbert am Bleistift, textet und brütet weiter ...

*

Die Tür geht auf. Dann klopft es herzhaft. *Kann man helfen?* Paula schreckt hoch. *Hallo Vera!* Paula ist faustdick überrascht. Und muss grinsen. Typisch Vera Valendra, erst reingestiefelt kommen, dann tüchtig anklopfen. *Was macht denn die Tangstedter Taxi-Queen hier in Keksdorf?*

Ach, ich hab gerade so'n Vollpfosten beim Stuttgarter Weinfest auf dem Rathausmarkt aufgegabelt. Den musste ich nach Büdelsdorf karren. Sozusagen eine Trunkenheitsfahrt. Und weil das ja quasi hier umme Ecke iss, dachte ich ...

Paula findet das gut.
Super, komm rein!

Vera wuchtet sich auf den zweiten Sessel. *Was war das denn für ein pilsblondes Babyface, der mir grad entgegenkam auf dem Flur? Sach bloß, das ist dein Chef?*

Paula meint etwas Lauerndes in Veras Stimme zu hören. Wahrscheinlich meint sie Bobby.
Nee, das ist Bobby. Sozusagen mein Eintänzer hier. Ein regionales Unterhaltungs-Urgestein. Gehört irgendwie mit zum Inventar.

Aha, Bobby also. Genau mein Beutemuster, knurrt Valendras Vera. *Also, den würd' ich mir gern mal um den Finger wickeln ...* Das lässt Paula so im Raum rotieren. Wenn Vera auf Beutefang ist, muss man ihr die Illusionen lassen. Aber warum bloß ausgerechnet Bobby? Wahrscheinlich hat sie wieder ihre Gleitsichtbrille nicht auf, da verschwimmt ihr schon mal die Realität.

Vera sieht sich um, mustert den PC-Bildschirm. *Was haben sie dir denn daaa bloß für ne Möhre angedreht! Die ist ja wohl noch aus´m letzten Jahrtausend, oder? Kann man ja kaum noch was erkennen auf dem dusslichen Ding.*

Ja, und dauernd flackert er ... und manchmal, da verschwimmt alles, klagt Paula. Wie kann sie ahnen, dass Kollege Bobby dann seine feuchten Hände im Spiel hat. *Kein Wunder, der Monitor ist ja voller Fettflecke,* empört sich Vera. *Und, kuck ma! Im Mikrophon sind lauter Brötchenkrümel!*

Schnell switcht Paula auf ein anderes Gesprächsthema. *Wo hast du eigentlich Kinski gelassen?* Vera dreht sich um und zeigt auf ihren Armeerucksack. *Da drin. Ich hab ihm ne Schlaftablette verpasst. Sonst kommt der doch bloß wieder mit schrägen Slapsticks an. Im Auto konnte ich ihn jedenfalls nicht lassen. Seit dem letzten Meeting bei Frau Frankenstein bepöbelt er immer die Latte-Machiato-Mammis.*

Da kannst du mal wieder sehen, wie kulturkritisch Papageien sein können, grinst Paula.

Ja, besonders solche Sonderanfertigungen wie dieser, entgegnet Vera. Hoppla, verbales Minenfeld! Schnell legt Paula den Zeigefinger an ihre Lippen. Vera hatte wohl vergessen, dass Kinski sehr unangenehm werden kann, wenn jemand über seine Vergangenheit in Fräulein Professor Frankenkleins Gen-Labor spricht.

*

Bald darauf knobeln sie gemeinsam an Keksdorfer Commercials. Den ersten Vorschlag präsentiert Vera. *Also, wie findest du diesen: Mediamarkt. Wie öd ist das denn!*

Äh, also prinzipiell gerne, sagt Paula. *Aber Mediamarkt hab ich hier gar nicht auf der Liste.* Vera legt nach. *Okay, und was hältst du hiervon: Haribo macht Kinder fett. Das steht sogar im Internet!*

Paula zögert. Doch sie muss ihre First-Freundin bei Laune halten. Und außerdem ist geteiltes Leid nur halbes Leid, das pfeifen die Spatzen doch schon seit vielen Jahren von den Dächern. *Auch nicht schlecht,* schmeichelt sie Veras Vorschlag schön. *Aber wir müssen was machen für Leute, die Kohle rausrücken für unsere Schnacks. Und die stehen eben auf genau dieser Liste.*
Vera nickt. *Klar jetzt ... Trotzdem schade ... Nehmen wir eben ein paar andere Goldbärchen,* schlägt sie vor. *Zum Beispiel diese Landladies hier ...*

Minuten später steht der Slogan, Paula haucht ihn engagiert in den Äther rund um Keksdorf. *Grünes kauft man erntefrisch vom Gut Groenwald. Die Gemüsehökerinnen ihres Vertrauens freuen sich schon tierisch auf ihren Besuch. Wir führen frische Ananas, aufgewachsen im Ostholsteiner Regenwald.* Paula holt tief Luft, bevor sie weitermacht. *Probieren sie auch unseren kerngesunden Kaviar mit russischen Stör-Eiern aus regionaler Bodenhaltung ... Gut Groenwald, weil Adel verpflichtet!*

Schon hat sie Bobby am Ohr, der im Autoradio mitgehört hat. *Paula, doch nicht diesen Beate-Uhse-Sound! Es geht um Obst und Gemüse, nicht um Reizwäsche, klar?!*

Paula lässt das einfach mal so stehen.

Commercial Nummer zwei ist so kurz und so knapp wie eingelaufene Sportshorts nach der Wäsche. *Muskelstudio Markus Mühlmann – wir garantieren für ihren Waschbärbauch.*

Bobbys SMS kommt prompt und kommentarlos: *Waschbrettbauch!!!*

Na gut. Vielleicht kriegt Vera das ja besser hingebogen. *Willst du mal ansagen, Vera?*

Vera will. Engagiert legt sie los. *Führerschein? Kein Problem, auch für schwerste Fälle! Bei der Fahrschule Klaus Cräsch sind sie stets in den richtigen Händen. Wir machen auch Offroad-Training. Treffpunkt immer bei Vollmond zur Geisterfahrerstunde. Dorfstraße Nummer 9, direkt neben dem Schrottplatz. Bis dann. Euer Cräschman!*

*

Bobby im Auto staunt. Ganz schön fix, die Deern. Stimmen imitieren kann sie auch. Klang ja fast wie Cräschman himself. Aber auf die Falle mit dem Schrottplatz, da ist sie doch reingefallen ... Die Widersacherin bringt ihn in Wallung, rein radiogeschäftlich. Der werd ich schon helfen, mault er vor sich hin. Denkt dieses Gör aus der Stadt, die kann sich einfach so einzecken hier?

Sowieso, diese Stadtleute. Selbst in der Bauernpolitik wollen sie mitmischen. Neuerdings hängen überall Plakate mit diesem Kerl in seinem Korruptionsgelben Blazer und dem ins Gesicht geschweißten Lobbyisten-Lächeln, ärgert er sich. Er stellt das Autoradio an. Mal sehen, ob diese Paula wenigstens die Wahlwerbung pannenfrei hinkriegt, denkt er, nicht ganz frei von Hintergedanken. Er hört nur noch den Abspann.

... wählen Sie also am Sonntag unseren Kandidaten Dr. Dietrich Murks!
Paula, Marx heißt der, wollt' ich nur sagen ... liegt ihm auf der Zunge. Aber andererseits, Hunger hat er auch. Er biegt in einen holperigen Feldweg ein und stoppt an Ernas Schnibbelbohnensuppenbude. Mal fix ne Suppe schlürfen! Sieht die Welt schon wieder viel runder aus hinterher. Ernas Schnibbel-bohnensuppen sind Kult in

81

Keksdorf. Und immer denkt sie sich neue Varianten aus. Mitunter allerdings gewöhnungsbedürftig.

„Heute mit Vorderkeule vom frischen Flügelhamster" steht denn fett auch auf der Kreidetafel. Bobby dreht möglichst unauffällig ab. Wahrscheinlich wieder so ein verkappter Vegetarierkram ...

Wat de Buhr nich kennt, dat freet he nich, ärgert sich die Frau mit der Angela-Merkel-Frisur, als sie Bobbys Rückzieher hinter ihrem Schnibbel-bohnensuppenbudenvorhang beobachtet. Man hat's eben nicht leicht als Gourmet-Göttin, hier in Keksdorf.

*

Na gut, dann wechseln wir mal das Metier, schlägt Vera im Studio vor, als Bobbys SMS meckert *„Sportplatz muss das heißen, nicht Schrottplatz".*

Vera bleibt cool. *Typisch Mann mal wieder. Beim Führerschein glauben alle Ahnung zu haben. Nehmen wir eben ein Frauenthema. Nun bist du wieder dran, min Deern!*

Paula macht auf mondän. Schließlich lesen sie die Gala auch in Keksdorf. *Sein wir mal ehrlich, meine Damen! Gepflegte Fingernägel sind unverzichtbar für die moderne Landfrau, oder? Also nix wie hin in den Haschredder Nummer Zwölf: Nagelstudio Veronica Geldbusch – hier werden Sie genagelt!*

Bobbys Kommentar kommt prompt, sie kommt per SMS und auffallend spärlich in der Aussage. *Heschredder, Paula...!*

*

Männer sind schon als Bbbääbys bbblau, quäkt Herbert Grönemeier aus Westnorddeutschlands vorletzter Musikbox, als Bobby ins Dorf*café* Kleinlich geschlurft kommt, sichtbar quergelaunt. An der Theke, Baujahr 1960 plusminus, hockt Dieter Danzinger, den sie Schanzen-Dieter nennen, und nagt an einem Störtebeker-Bier.

Ach, da kommt ja Bobby Reich, der Arme.

Bobby kennt den Kalauer zur Genüge, hört gar nicht hin, jedenfalls tut er so.
Außerdem, der soll bloß still sein, der Dieter. Rauscht mit seinem Kleinstlaster voller Eier aus Keksdorf einfach die Sprungschanze in Osterode runter. Nur weil das Navi „links ab" geblökt hat. So einer muss sich über andere wirklich nicht lustig machen!

Bobby setzt sich. *Tass Kaff Helga! Aber nich wieder so dünne wie letztma, näch!*

Helga und Bobby haben ein traditionell gespanntes Verhältnis. Seit er damals beim Tanzstunden-Abschlussball den Tango mit ihr versucht hat, humpelt sie. Heute, als gestandene Gastwirtin, da weiß sie sich zu wehren. *Nu mach ma halblang, Bobby. Was'n los mit dir? Siehst ja aus, als ob du grad ne Dose Sauerkraut auf ex geraucht hast!*

Das Personal hier war auch schon mal freundlicher, grummelt Bobby, bevor er sich mit akkuratem Aldi-Sparpreis-Gesicht an den Ecktisch mit Gartenblick verzieht.

Als Grönemeier zu Ende gequäkt hat, stänkert auch noch Heini Melkbuhr, der in der „Forke" blättert, sozusagen das Keksdorfer Käseblatt.

Hier steht, ihr habt ne Neue jetzt? Er zeigt auf einen Artikel mit Paulas Foto im Großformat

Wusste gar nich, dass du lesen kannst, zischt Bobby, rührt genervt in seinem Kaffee.

Heini lässt sich nicht beirren. *Die scheint ja ganz schön plietsch zu sein, diese Paula Plopp.*

Plietsch! weist ihn Bobby zurecht.

Ja, sach ich doch, plietsch!

Kleine Denkpause. Dann macht es klick und Heini hakt nach.

Dann sind deine Tage beim Radio wohl bald gezählt, näch?

Frieder Kampmann, auch an der Theke, allerdings bereits im Bommerlunder-Modus, sieht das ähnlich. *Yo. De hat jo man ganz schön flotte Schnacks auf Lager, de Deern ... Und blond isse auch.*

Ein bisschen sieht Bobby jetzt aus wie Adam, dem man gerade den letzten Apfel aus dem Paradies geklaut hat, und Eva gleich mit. *Ach was, keine Chance hat die. Dafür baut sie viel zu viel Bockmist!*

Heini Melkbuhr zeigt energisch auf das Foto in der „Forke". *Na ja, aber dafür sieht sie ganz schön schickschnutig aus, find ich. Und Dieter auch.*

Er dreht sich zur Seite um. *Näch Dieter?*

Yo! grunzt Schanzen-Dieter, bevor er wieder an seinem Störtebeker-Bier nagt.

Bobby reicht es jetzt mit dem Geschnacke. Er geht zum Gegenangriff über.

Also ich steh mehr auf Latina-Typen, lässt er verlauten, und versucht dabei krampfhaft, besonders lässig zu klingen.
Zu seinem Glück kommt gerade Fiete Buddelmann herein.

Hallo Dieter, säch mol, hest du Gerd gesehn?

Schanzen-Dieter überlegt kurz.

Yo. Häb ick.

Un wo?

Na Samstach, beim Knalltütenball!

Ach, mit wem denn?

Na mit diese schräge Nudel, Iwon oder wie de Deern heet ...

Und du?

Na, ick heet Jochen. Dat weet du doch.

Dieser Dialog pinselt sogar Bobby ein Lächeln auf die Lippen. Die anderen grölen. Eine gute Gelegenheit, aus der Paula-Falle zu kommen.

Also Tschüss denn, sagt er im Aufstehen, *ich muss jetzt zur Shanty-Probe hin. Tass Kaff geht auf Deckel, Helga!*

Alle hier wissen, dass die „Keksdorfer Klabautermänner" am Sonntag ihren ersten öffentlichen Auftritt haben. Ausgerechnet beim Püschendorfer Gluckenball.

Na, dann brauchste aber fix noch een oder twee Zungenschrittmacher, schlägt Helga vor und wedelt mit der Bommerlunderflasche.

Twee, sagt Bobby, rückt seine Hornbacher zurecht und setzt sich wieder.

Äääähr gehört zu miiier! kräht Rosenbergs Marianne aus der Musikbox, als alle Anwesenden ihr Schnapsglas mit einem kühnen Ruck Richtung Decke reißen. Kurz danach schütteln sie sich wie damals der Köter von Schlachter Stummeyer, als er damals in die Jauchekuhle gefallen war.
Bobby beschleicht die erfahrungsgestützte Ahnung, dass das wohl nichts mehr wird heute mit der Chorprobe...

*

Im Studio lassen Paula und Vera die coole Kuh los. So heißt das Branding, das sie ihrem Werbe-Output kurzerhand verpasst haben.

Warum in die Ferne schweifen. Machen Sie doch mal Kurzurlaub nebenan. Einfach weg von Kuhstall und Misthaufen, und die Seele gemütlich mit den Ohren baumeln lassen. Unser Tipp: Wenn´s ein sauberer Urlaub sein soll: Pension Maria Staubfinger. Gleich am Deich.
Staubinger heißt die, Paula! wird sie von Bobby belehrt, der prompt wieder anruft. Seine Stimme klingt etwas onduliert. *Die kommt aus Bayern ... und die hat früher mal Maßkrüge geschleppt ... auf dem Oktoberfest ... Wenn die das hört, was du hier erzählst ...*

Jo mei! O´zapft iss! ruft Kinski, der ganz plötzlich und unerwartet aus Veras Armee-Rucksack linst. Offenbar haben ihm die Schlaftabletten dauerhaft nichts anhaben können.

Vera ist genervt. *Oh nee! Dieser Chaos-Vogel. Dabei hatte ich ihm doch extra zwei fette „Double Down Premium" gegeben!*

Da kannst du mal wieder sehn, wie hart Papageien im Nehmen sind, erklärt Paula.
Egal, das Programm muss weiterlaufen. Eine Suchmeldung ist fällig. Die lütte Lotte vom Verein Alleinerziehende Kinder e. V. sucht ihre Eltern. Ihr Anliegen hat sie auf Band gesprochen.

Hallo Hinnerk, Hallo Ilse! Egal wo ihr seid, im Pilzkrug oder so – kommt schnell nach Hause. Das Pony hat die ganze Bowle weggeschlabbert. Und jetzt steht es mit Taucherbrille auf dem Sprungbrett vom Swimmingpool!

Weiter geht's mit Werbung. Zum Glück keine große Herausforderung für Vera. *Frisör Fritz Feuchtmann. Hier bekommen Sie die original Hamburger Hirnspülung von Doktor Kralle ...*
Attacke!!! ruft Kinski dazwischen, etwas uninspiriert zwar, aber Veras Schlaftabletten hat er offenbar noch besser überstanden, als den übrigen Beteiligten lieb sein kann. Doch mehr hat er momentan offenbar nicht zu sagen ...

Das Wetter ist wieder fällig. Paula hält das Mikro zu. *Sag du mal an, Vera, mir fällt nix ein.*

Vera rudert verbal im Leeren. Aber dann ist sie ganz Profi. *Hallo liebe Hörer von Radio Koksdorf. Nun berichte ich euch das Wetter. Also Ohren auf jetzt ... Im Frühtau zu Berge ist über allen Wipfeln Ruh. Und gegen Abend müssen wir jederzeit mit einbrechender Dunkelheit rechnen ...*

Geistesgegenwärtig rettet Paula die kritische Situation. *Das war das Wetter, heute präsentiert von unserer absolut charmanten Wetterfee Vera Valendra.*

Mensch Vera, tadelt sie, als das Mikrofon dicht ist, *hast du wirklich Koksdorf gesagt?* Vera pariert den Vorwurf souverän. *Na und, ist doch heute Grundnahrungsmittel, vor allem bei Prominenten.* Paula lässt das einfach so stehen. Bloß keinen Streit anfangen, wenn uns Vera erstmal in Wallung kommt, fliegen die Fetzen meterweit. Auch Bobby hält sich raus. Bommerlunder sei Dank, denkt Paula erleichtert.

*

„Verkehrsdurchsage", glimmt es düster auf dem Bildschirm. Paula versucht, die Zeilen zu identifizieren, dann legt sie los. *Und nun noch eine wichtige Verkehrsdurchsage: Zwischen Ossendiek und Tötensen liegen Leichenteile auf der Fahrbahn. Die Polizei bittet um erhöhte Vorsicht!*

89

Sekunden später kommt es zu einem Fernduell mit Bobby. *Mensch Paula ... Reifenteile ... hat er gesagt!*

Leichenteile hat er gesagt.
Reifenteile, verdammt!

Dann soll er nich so nuscheln! Dann versteht ihn auch dieser Sprachdingsda.

Ich sach ja, Bauernlümmelradio! ätzt Vera. Und bekommt gleich darauf von Paula einen neuen Einsatz aufs Auge gedrückt. *Sportnachrichten ... Mach du mal, Vera. Du warst doch mal mit diesem Sportlehrer zusammen.* Das ist lange her, Vera versucht es trotzdem.*Und hier die aktuellen Ergebnisse des Keksdorfer Fußball-Turniers um den Cappuccino-Cup der Eisdiele Zamparoni: Drei zu null ... Zwei zu eins ... Eins zu eins ...und null zu vier.*

Ich wusste gar nicht, dass du Ahnung von Fußball hast, staunt Paula. Vera lächelt geschmeichelt.
Paula lächelt ebenfalls, dann serviert sie den nächsten Verkehrshinweis. *Und hier nochmals ein wichtiger Verkehrshinweis: Zwischen Stonsdorf und Poppenhusen liegen zwei Klappstullen auf der Fahrbahn ... Moment, es kann aber auch Klappstühle heißen ... Ach egal. Werdet ihr ja sehn, wenn ihr da langfahrt.*

Lütt un' Lütt!! ruft Kinski mitten in die nächste Moderation hinein. Nicht dass Vera etwas gegen die traditionelle küstentypische Getränkekombination aus einem kleinen Bier mit einem Korn einzuwenden hat. Doch das gehört jetzt ganz und gar nicht hierher. Sie zieht eine gelbe Karte aus ihrer Jackentasche und hält sie hoch wie beim Fußball. *Noch einmal Kinski, dann seh' ich rot, und dann fliegst du. Aber raus. Und das im Zickzack.*

Der Gemaßregelte schweigt. Aber nur aus taktischen Gründen. Kurz darauf sitzt er direkt vor dem Mikrofon. *Hart.Härter.Hertha ... Ruf.mich.an!*

Vera greift nach ihrer Dompteur-Jacke, ein Relikt aus ihrer Zirkuszeit, und geht in Jagdposition.

Dreimal.die.Sexxx.Dreimal.die.neun, fügt Kinski noch fix hinzu, bevor Paula das Mikro zuhalten kann. *Er hat gestern wieder Telefonsex-Commercials gekuckt,* erklärt sie hektisch. *Momentan seine Lieblingssendung. Seitdem er die Fernsteuerung kapiert hat, zappt er so lange, bis er die Tele-Tussies gefunden hat. Manchmal steht er dafür sogar nachts extra auf.*

Ruf.Mich.An! fordert Kinski dreist.

Doch jetzt hat der Frevelvogel ausgespielt. Unter dem Stoffbeutel von Fielmann und dem Kissen von Bobbys Kanapee, die ihm Vera blitzschnell übergestülpt hat, kann er kein Unheil mehr anrichten, zumindest Schnabel-verbal.

91

Zwanzig Sekunden später ist Lehrer Ludwig in der Leitung. *Sagen Sie, Fräulein Plietsch, die Telefonnummer von dieser Hertha ... äh... wie war die noch mal?*

Paula erläutert, es habe sich um ein Versehen der Regie gehandelt.

Dann ist das Finale fällig.

Ein Commercial noch, und eine Meldung, dann ist die Schicht um für heute, sagt sie zu Vera. *Du nimmst den Commercial, ich die Meldung, okay?*

Vera ist einverstanden und legt los. *Schlachter Werner Stummeyer empfiehlt sich als Fleischdealer Ihres Vertrauens. Hier ist das Rinderherz so frisch, davon können Sie glatt noch ein EKG machen lassen!*

Das letzte Wort hat Paula. *Und jetzt noch eine Meldung von überregionaler Bedeutung: Wie die Stiftung Narrentest soeben mitteilt, ist Klempnermeister Kurt Kruse erneut Keksdorfer Kegelkönig geworden. Wir gratulieren zum zehnten Titel in Folge, lieber Kuddel, und wir freuen uns schon auf die Krönungsfeierlichkeiten.*

Sie können nicht verhindern, dass Kinski dazwischenruft „*Nacktduschen im Festzelt!*"

*

Der nächste Tag beginnt absolut aufregend für die Probemoderatorin von Radio Keksdorf. *Du sollst sofort zum Chef kommen, Paula!* Das feiste Grinsen in Bobbys Gesicht lässt darauf schließen, dass er sich seiner Sache sicher ist. Sehr sicher sogar. Jetzt fliegt sie! triumphiert er in sich hinein. Soviel Mist, wie die hier gebaut hat, schon in der Probemoderation, das geht auf keine Kuhhaut. Nicht mal auf dem klamottigsten Hühnerhof in Keksdorf.

Grübelnd geht Paula hinüber in den Tabakladen mit Lottoservice, den Herr Hoormann betreibt. Nebenbei gibt er den Chef von Radio Keksdorf. Er hat sich gerade ein Astra-Rotlicht aufgeploppt und sieht verdächtig gut gelaunt aus. Eine Falle? Ja, bestimmt eine Falle! Das grinsende Rasiermesser, der ritterlich servierte Rausschmiss.

Herr Hoormann wedelt mit einem Blatt. *Hallo Fräulein Plietsch! Eben habe ich dieses Fax von Rechtsanwalt Linksmann erhalten, allerhöchste Ebene!* Paula zuckt zusammen. Rechtsanwalt? Das kann nur Schadenersatzklage bedeuten. Wahr-scheinlich wegen der verkorksten Commercials.
Also Fräulein Plietsch, Herr Hoormann wird richtig wichtiggesichtig, *Rechtsanwalt Linksmann ist Vorsitzender des Moderatoren-Wettbewerbs. Und jetzt kommt´s. ... Nu hol di man mol fix fest, min Deern: Radio Keksdorf het just Platz ens mookt! Waaaahnsinn*

Paula!! Glöv dat oder nich – nu biste Moderatorin des Monats!!!

*

Am nächsten Tag sind die Zeitungen voll von dem Event. Die Damen und Herren Redakteure schütten Lob aus wie einst Frau Holle die Betten. Tenor: „Paula Plietsch rockt das Bauernfrühstücksradio".

Ein Engagement sprang für Paula aber nicht heraus. Kein Geld, bedauerte Herr Hoorman. Allerdings bewilligte er eine Abschiedsmoderation.

*

Rache ist süß, daher hat sich Paula einen finalen Gag ausgeknobelt. Fingierte Versprecher, wie frisch gezapft aus Bobbys Intrigenschmiede. Nur dass es diesmal ihn selber treffen wird.

Paula setzt sich in Position. Dann legt sie los:. *Hallo liebe Fäns und Fränds vom Bauernlümmelradio! Eure Paula Plietsch sacht nu Tschüss! Und macht euch keine Sorgen, alles Spaghetti, momentan keine ominösen Gegenstände auf Straßen und Feldwegen in Koksdorf und um Koksdorf herum. Und das ist gut so, denn gleich mach ich Feierabend. Und danach macht der Bobby noch die Nacktschicht ... Tschüüüüüs!*

Unterm Maibaum

(v. Carlos de Seewo)

Fünf Waggons, alle beleuchtet und ziemlich leer – wie ein behäbiger Blitz flutscht die U3 auf eisernen Stelzen der Mundsburg zu. Nach mehreren Großbieren mit einem guten Freund geriet ich auf dem Heimweg, es war um Mitternacht, und es geschah nicht ganz ohne Zufall, in die Maifeier der Zinnschmelze, zugleich Kulturzentrum und Kultkneipe für bekennende Querdenker und Zick-Zack-Geher.

Wenig später umzingeln bummelig 66 Menschen den verschreckten Großkastanienbaum, schon vorfrühlingsfreudig im weißen Blütenkerzen-Gewand, und geben, gekonnt und lautwortig animiert vom Regisseur des Zinnschmelzentheaters, launige Töne von sich. Ich selber konnte nicht mittun, hatte ich doch achtzugeben, dass mir der Maibock nicht aus dem Trinkgefäß sprang.

Tag der Arbeiter. „Völker hört die Signale ..." tönt es aus dem Lautsprecher. Alle singen mit. Fäuste gehen nach oben. Altmeister John W. von G. würd's seinem edlen Nachschreiber Eckermann wohl so in den Federkiel diktiert gehabt haben: „Und eh ich's recht bedacht' in gestriger Nacht, hatt' ich mir nen Maibock angelacht".

Na ja, vorher lernte ich Kemal kennen, türkischer Klein-Intellektueller mit noch kleinerem Antiquariat im Schatten des Barmbeker Marktes, darinnen er seit Jahren verbotenerweise nächtigt. Man hat ihm den Laden gekündigt und nun harren an die zehntausend Bücher auf ihre Entsorgung. Der Rest der Geschichte verliert sich im taumelnden Mahlstrom aus streikenden Grauzellen und merkwürdigen Müdigkeitsattacken.

Am kommenden Mittag, diesmal anlässlich der Maikundgebung auf dem Bert-Kämpfert-Platz, gerate ich erneut in die Kinnschmelze, wie Insider sie nennen. Keiner weiß so recht warum. Dort am Tresen hockte aber schon Gabi, die Säuferin, streitsüchtige Mitbewohnerin im Alten Teichweg 9, Haus N, fuchtelt mir, hochtrunkengesichtig, in Feierlaune zu. Daher zog die Option einer blitzartigen Absatzkehrtwende vor. Wie gut, dass man nur Gelegenheitstrinker ist.

Und dann pass auf, dass du dort nicht Eugen über den Weg läufst. Das ist möglicherweise mein alter Ego – selbes Baujahr, gelernter Schriftsetzer, seinerzeit in Kiel ein Kumpel vom späteren Zeichner-Genie Brösel. Genau, der mit den Karikaturen, die auf auf'm Motorrad andauernd kotzen müssen. Später war er angeblich Songschreiber für Eric Clapton, dann Maler für Schröder und Putin, alles angeblich. Heute ist er freischaffender Künstler mit Drang zur täglichen Dröhnung aus der Pulle, offensichtlich.

Angeblich vier Frauen hat er, pinkelt vorgeblich vom Balkon. Kostete mich drei Stunden, ihn wieder los zu werden. Erkennungszeichen: Bunter Billig-Cowboyhut mit seitlich hochgesteckter Krempe, orkanlaute Stimme und immer eine Tasche dabei, in der es gläsern klimpert. Leergut angeblich, aber vermutlich eher der Notproviant für schwere Stunden auf dem Trockenen.

Neulich bei Bäcker Bauer

(v. Charlotte Hensen)

Neulich kehrte ich wieder mal bei einem Kettenbäcker ein. So weit so gut, doch plötzlich schob sich schlurfenden Schrittes ein schwerer Schatten an die Bedienthke mit den Leckereien.

Was darf es sein? fragt die Verkäuferin.

Einen Milchkaffee, aber einen großen!

Einen Mammutbecher, aber gerne, sagt die Verkäuferin. *Darf es sonst noch etwas sein?*

Die Antwort kommt nur langsam in Gang, dann aber wie ein Erdrutsch nach Dauerregen.

Ja ... äh ... Lachsbrötchen. Und ... äh ... ein Mettbrötchen und ... äh ...

Ein Zeigefinger im Knackwurstformat irrt unentschlossen über die versammelten Verlockungen

... und *noch eins mit Fleischsalat ... und eins noch mit Mettwurst...*

Darf es sonst noch etwas sein, fragt die Verkäuferin routinemäßig, als sie den Teller bestapelt.

Ach ... äh ... ja ... ich nehm' noch ne Zitronenrolle dazu", orderte Lady Large und schiebt mit ihrem Rollator auf einen Tisch zu.

Fehlt eigentlich nur noch die Sahne fürs Mettbrötchen. Der Mensch ist tatsächlich, was er isst, sinnierte ich. („Ist der Mensch eigentlich auch, was er trinkt?", fädelte sich meine Lästerschwester ein). Ein Seitenblick auf meinen Ex Arne skizzierte die Antwort.

*

Zweiter Akt: Morgens um zehn. Ich gönne mir einen Cappuccino und ein bescheidenes halbes Käsebrötchen.

„Ein halbes Brötchen mit Fleischsalat", bestellt der Kerl an der Theke, Typ Meatloaf, heftigst nach verfaultem Hundeknochen riechend. *„Und eins mit Schweinebraten"* will er auch noch.

Ich werde langsam unruhig. Doch der schlecht gelaunte Übergewichtler legt nach. *„Und eins mit Rührei"*.

Zum Schluss, ich glaube förmlich seinen Geifer auf den Fußboden tropfen zu hören: *„Und noch zwei halbe Mettbrötchen, aber mit ordentlich Zwiebeln"*.

Vielleicht noch ein Rollmopsbrötchen obendrauf?... spintisiere ich halblaut. Im Geiste greife ich zu Colt und Tomahawk gleichzeitig. In solchen Momenten bin ich stets heilfroh, dass ich nicht bewaffnet bin!

Ginas Polterabend
oder:
Wenn das Tante Minke wüsste…

(v. Carlos de Seewo)

Mitten in der Nacht auf dem Dachfirst eines Hauses. Die Dachpfannen habe ich zwischen den Schenkeln wie Paul Schockemöhle seinen Gaul. Mit dem Unterschied, dass Paul Profi ist, und ich bin erstmals auf diesem Ziegelpferd unterwegs. Und das sozusagen mit vollbreiten Beinen. Denn so ein Dach ist beileibe kein spitzer Winkel, man fühlt sich eher wie beim Pferdsprung in der Turnhalle, allerdings fehlt die Matte. Außerdem geht's hier nur im Schneckentempo voran. Auch deshalb, weil der Hintern vor mir, der demselben Ziel zustrebt, das Reittempo auf dem Dach vorgibt, das praktischerweise ein Satteldach ist.

Wie ich dort raufgekommen bin – die Einzelheiten wollen sich mir zur Minute nicht erschließen. Obwohl fast auf allen Vieren unterwegs, habe ich genug zu tun mit meinem Gleichgewicht. Mit dem Sinn dieses Rittes ebenso. Neben schwieriger Balance und Zielkonflikt kämpfe ich zusätzlich mit der Perspektive. Nicht der Ausblick ist gemeint, denn schwärzer könnte die Nacht heute kaum sein, sondern die Aussichten aufs unversehrte Überleben. Links runter lande ich, so's mich aus dem Sattel haut, knallhart auf dem Straßenbelag der Mindener Straße. Dort sind schon andere aufgeschlagen. Zum Glück nicht immer tödlich wie Meyers Reinhard, der einem Auto unterlag. Andere trugen nur Schürfwunden und Prellungen davon, wenn ihnen auf dem Nachhauseweg die Straße entgegenfiel, im Schnellzugtempo, oft genug direkt ins Gesicht. Zur Riege der üblichen Verdächtigen gehören zweifellos Meinzen Friedel, Müllers Horst, Leibigs Fritze, um nur die ganz Unentwegten zu nennen. Im Co-Starring-Register sollte vielleicht Klaus Seidemann auftauchen, und auch Wecken Heiner und Bartels Hans-Jürgen sind keine von denen, die ein volles Glas stehen lassen.

Soviel zur Straße linkerseits. Also besser die Augen rechts, Sportkamerad Seefie! Neunzehn Meter Luftlinie unter mir wird schwer gefeiert, Polterabend. Ein Blick für den Dachfirst hat niemand übrig. Dazu ist man und Frau zu sehr mit sich selbst beschäftigt. Insbesondere mit dem gelblichen Getränk, das, kaum gezapft, zügig eingeschüttet wird, angeblich zur Kühlung der Kehle. Erfahrungsgemäß lockert es auch die Zunge. Sogar die der sonst eher Schweigsamen in dem kleinen Ort am Rande des großen Moores. Zwischendurch reißen einige immer mal wieder die Köpfe mit ruckartigen Bewegungen nach hinten. Anders geht Uchter Korn, ob Grovermann oder Illschen, nun mal nicht runter. Auch nicht ohne protestähnliche Laute zum Abschluss,

100

gekrönt von sekundenlangen Schütteltänzen auf der Stelle.

Aber bis rauf zum Dachfirst reicht der persönliche Horizont dann doch wohl nicht mehr. Vielleicht ganz gut, denke ich durch Bierdunst und Bratwurstnebel hindurch, der in den Nachthimmel steigt, sonst würde ich schwer an Ansehen einbüßen. Eben noch hat mich Krülle, der kleinere der Tuffel-Brüder, mit Ulli Stielecke von Borussia Mönchengladbach verglichen, der jetzt bei den Königlichen in Madrid kickt.

Wie peinlich, wenn der kleine Tuffel mich jetzt erlebt, wo ich gerade eine entschieden weniger adelige Figur mache. Wie der berüchtigte Frosch auf der Gießkanne fühle ich mich, und pinkeln muss ich plötzlich auch. Absolut nicht einfach, das zu lösen, jedenfalls technisch. Ich sehe mich schon mit herunter gerutschter Hose an der Dachrinne hängen. Keine so prickelnde Vorstellung, denn vermutlich ist auch Moormeiers Gerd dort unten... Der selbsternannte Sportreporter mit dem kleinen Knick im Auge und dem etwas größeren Vakuum im Kopf hat meist seinen Knipskasten dabei. Dann mache ich womöglich noch Geschichte. Flitzer, das gab's hier bisher noch nicht.

Egal Karl, auch mit kompletten Beinkleidern und ohne den Moormeier – dort unten aufzuschlagen, mitten auf der Theke, sich womöglich als Kopfball-Ungeheuer im Tiefflug mit dem Schädel am Fass zerdeppern, damit würde ich mich im wahrsten Wortsinn in die

Geschichtskladde der Samtgemeinde rocken. Mit salbigem Nachruf von Pastor Bringer (Prost Horst!) und mit anschließendem Fell versaufen in der Vereinskneipe bei Bredemeier.

Perspektivisch würde das zwar nicht viel ändern, denn in diesen Breitengraden geht man sogar betrunken zur Beerdigung. Aber schade um die schöne Fete heute wär's dann doch! Weil die Feuerwehr dann käme, und dann wäre ratzfatz der Korn alle. Dabei feiern sie dort unten doch den letzten schönen Tag im Leben eines Mannes. Bei solchen Polterabenden schüttet sich der künftige Göttergatte gerne bis zur Unkenntlichkeit zu. Vorsichtshalber, man kann nie wissen, ob's danach jemals wieder was gibt.

Das mit dem Pinkeln erledige ich im Damenschneidersitz, zur Straßenseite hin, in die Dachrinne runter. ... Was wohl Struppen's Minke dazu sagen würde, denke ich, während es plätschert. An was man alles so denkt, wenn die Blase zum Bierleeren drängt, mitten auf einem Hausdach mitten in nudeldicker Nacht ... „Jesssses, Maaaaria un Joseff, seid's dann ihr narrisch, ihr zwoa?!" Ja, das könnte sie zu uns hochposaunen, die Struppin, in ihrem zermantschten Sudetendeutsch.

Egal, es muss weitergehen, wir haben noch zu tun. Also ich weiter hinter dem Hintern her, bis wir sozusagen ans Ende der Fahnenstange gerobbt sind. Unten lauert die gepflasterte Tiefe der Toreinfahrt. ... „Ob der HSV dieses Jahr Meister wird?" meine ich meinen Sitznachbarn aus der Volksschule fragen zu hören. Mauli, der eigentlich Klaus heißt und elf Geschwister hat, hofft das in jedem Jahr. Unabhängig davon lassen sie unten gerade den Uchter Sportverein hochleben. „Aber eins, aber eins, das bleibt besteh'n ..." Das Wörterduo „nicht untergeh'n", kommt in der Vereinshymne auch vor, hier oben hört sich das seltsam daneben an. Auch dass sie dort immer wieder „Zicke, zacke, zicke, zacke..." brüllen, ist mir wenig hilfreich, aber allseits ein beliebter Ansporn zum Vollgastrunk. Kann sich jeder merken, und klappt auch mit über Zwokommaneun Promille in der Birne, so schätze ich den Mittelwert aller Beteiligten. Meinen eigenen lasse ich mal außen vor, denn wie wir zum Schluss dort runter gekommen sind vom Ziegelpferd, das weiß ich wirklich nicht mehr. Wahrscheinlich war irgendwie eine Leiter im Spiel, es könnte durch eine Dachluke gegangen sein, aber das ist nur eine Vermutung.

Bald darauf stehen wir zwei an der Theke – der Hintern, zu dem sich ein mir lange bekanntes Gesicht gesellt hat, und ich – zwischen den anderen, kippen den nächsten Kurzen in uns hinein. Eine gute Gelegenheit, für Sekundenbruchteile unser Werk dort oben zu betrachten, ohne dass es den anderen Feierbiestern auffällt. Soll ja so lange wie möglich geheim bleiben, die Nummer.

Erst am nächsten Morgen bemerken Regina und Dick, dass auf ihrem Schornstein ein Kinderwagen thront, kerzengerade und unversehrt.

Warum er ausgerechnet mich dort mit rauf genommen hat, frage ich Ulli am nächsten Tag. „Mensch", rüffelt mich mein Bruder, „die anderen waren doch alle schon viel zu dicke!"

Das mit dem Kinderwagen ist so Sitte in Uchte und um Uchte herum. Wie viele dabei besoffen vom Dach gestürzt sind, das verschweigt die Chronik der betroffenen Gemeinden bis heute.

Mein Freund Leo

Bunt gemixte Brief-Fragmente
written by Carlos, Chaos-Chronist

Hi Amigo, hab nen Alternativvorschlag zu St. Pauli – weil ich gestern ein wenig gegrindelt habe. Und das kam so: ich besuchte meinen neuen Kumpel Torge Niemann unten im Grindelviertel. Torge ist Musiker in der deutsch-indischen Kultband Mito. ("Elbe meets Ganges"). Auf dem CD-Cover siehst du Torge rechts außen, ganz im Stile eines Dithmarscher Büffels, ungerührt die Gitarre zupfen ... Ich überspringe ein paar Passagen, außer derjenigen, dass Torge u.a. Layouter beim Esoterik-Magazin KGS ist, für das unser Spezi Leo jahrelang Leihwagen schrottreif gefahren hat. Natürlich kennt Torsten auch unseren Freund Leo (Originalzitat: „Wer kennt Leo nicht?"). ... Jedenfalls empfahl mir Torge auf der Frage nach einer netten Bierlocation die PONY BAR (vom Abaton aus 15 Meter Richtung Uni Campus).

Schon auf dem Weg dorthin schlugen mir die menschenunfreundlichen Pöbeleien eines offensichtlich vollauf Betrunkenen entgegen. Mit zorngedicktem Hals an der Bank angelangt, wo der Lambrusco-Loser, obwohl das niemanden so recht interessierte, brüll-verbal sein gesamtes Schicksal über die friedliche Grindelgemeinde erbrach, aber auch niemand das Rückgrat aufbrachte, ihm das Maul zu verbieten, musste ich übergangslos recht unfreundlich werden.

Wer Carlos kennt, weiß, dass in gewissen Situationen seine Stimme Django-ähnlich wird und seine Worte wie Natterbisse sitzen. „Hey, Kumpel", sagte ich nur, „Am besten du hörst jetzt auf zu nerven". Er blickte mich stieräugig an. Ich schwenkte nicht lange die Muleta, versetze ihm gleich den finalen Stoß: „Du hältst jetzt einfach die Schnauze, okay?" Er hielt sie und ich ließ mich auf ein paar Schöfferhofer Weizen in der Pony Bar nieder. Nette Ponys waren auch da, und es gibt nostalgische Plüschsessel aus der Peticot-Zeit.
!Saludos!

Moijn Amigo, „Schenkt Blumen während des Lebens, später am Grabe blühn sie vergebens", las ich einmal auf einem Friedhof. Morgen schon kann ja einer von uns auf dem Weg in die ewige Seligkeit sein, und dann wäre es schade, nicht kundgetan zu haben, dass das wahrhaft lange Stück irdischen Weges, das wir zusammen zurückgelegt haben – von gelegentlichen Holperstrecken abgesehen - vorwiegend angenehmer Art war.

In der Tat bewegend wurd's auch noch am Freitag im Silbersack. Aus der JukeBox quoll irgendwann der Heimwehschlager Nummer eins – „Ein Schiff wird kommen" mit Fernweh-Fregatte Lale Andersen. Das katapultierte Ole Carlos prompt in die frühe Jugend; damals wollte er noch Seemann werden ... Zwei Biere später tanzten Mädels in dem thekennahen Holzgatter auf den Stühlen; Carlos sollte mit dem Personal paktieren („Hol die da mal runter"), winkte aber dankend ab, bin ja kein Spielverderber. Irgendwann saß Eisenkopf Egon, Rausschmeißertyp mit beringten Segelohren, Einsfünfzig Breite, zwei Zentner schwer, neben mir, später dann „die Johanna aus Münschen" auf meinem Schoß. nach zwei weiteren Bieren Schenkelbandelte ich mit einer gewissen Doreen, trotz trunkenem Kopfe immer noch schlau genug für die Realisierung, dass deren Schatzis irgendwo in der Kneipe sein mussten. Na ja, bin eh kein OneNigther, kann allerdings auch an der drallen Optik der jungen Damen gelegen haben.

Jedenfalls drängte ich am Ende den Bediener, die letzten beiden Biere zahlen zu wollen, bin ja kein Zechpreller. Niemand am Tresen konnte mir so recht plausibel machen, dass dort ja direkt bei Flaschenübergabe gelöhnt wird. Na ja, tut seiner Tipgeldkasse gut, und Old Erna wird's gefreut haben, die geisterte zu später Stunde noch, silberhaarig und Bierkästen-koordinierend, durch die Gegend.

War ne tolle Sause das, hab zwar einen Ring eingebüßt, und die angeknabberte Schokolade verabschiedete sich in der S-Bahn, meine Sinne reichten dennoch aus, das Buch vom alten Kurt Krieger anzulesen. Die eine oder andere Erleuchtung kam mir dann am nächsten Tag. Über dieses Thema sollten wir aber von Mann zu Mann reden, so nett die Astridsche Garnierung (Wie ich dich kenne, hast du die Dame wie ein Gentleman vor die Doormannsweg-nahe Haustür kutschiert) auch gewesen war ...

_____6. Dezember 2010

Du, Amigo! Haste wieda dein Fahrrad mit der Lenker anne Schaufensta gestellt", schimpft der Chef vom Portugiesencafe. „Park das ma woanders hin." Zähneknirschend zerrt mein Freund Leo den Drahtesel von der Scheibe weg in die nächste Parklücke, parkt es per Pedalstütze am Bordstein.
„Und ewig grüßt das Murmeltier", sage ich, als das Fahrrad, während mein Freund Leo gerade wieder zur Tür hereinkommt, gen Boden scheppert, dabei ein Kraftfahrzeug touchierend.

_____12. Dezember 2010
„Hier will ich hin!" Der derbe Handschuhfäustling aus den 70ern tapst auf die Stelle in dem Bilderrahmen mit der historischen Weltkarte, wo sich Kambodscha hinter spiegelndem Glas vor schwer bebrillten Augen verbirgt.
„Da gibt es einen Riesentempel, Anker Watt oder so", erklärt mein Freund Leo später, während wir die Glasscherben vom Fußboden aufklauben. „Außerdem ist dort das Viagra bestimmt billiger als in Thailand."

_____3. Januar 2011
„Am Dienstag komm ich in Bangkok an. Dann besorg ich mir am Flughafen ein Visum, brauch ich gar nicht in die Stadt rein; und für'n nächsten Tag hab ich nen Anschlussflug nach Saigon gebucht", skizziert mein

Freund Leo seine Milchmädchenrechnung. Am besagten nächsten Tag dann die E-Mail: „Scheiße, am Flughafen hab ich kein Visum gekriegt. Und das vietnamesische Konsulat in Bangkok hatte geschlossen – Feiertag."

Nun wolle man sich einer zweistündigen Frustmassage hingeben, hieß es abschließend. Okay, denke ich, Hauptsache 12,90 Euro für nen Reiseführer gespart. Dann hätte man nämlich das mit dem Feiertag gewusst ...

____9. Januar 2011

Mein Freund Leo, stets dem großen Wurf auf den Fersen, witterte offenbar auch im Viet Cong-Country die Möglichkeit schnellen Großgewinns. Einen reichen Chinesen beim Black Jack ausnehmen, hieß die Aufgabe, die es im Schlafzimmer einer Saigoner Privatwohnung zu stemmen galt. 100.000 US-Dollar Beute winkten, schließlich war der Hongkong-Chinese, gerade ganz zufällig in Saigon, dick im Ölgeschäft verbandelt. Die Karten fielen gut, der Deal lief glänzend und mein Freund Leo sah sich schon sein Wellness-Schiff im Hamburger Hafen anzahlen. Allerdings kam es dann doch wieder zum Leo-üblichen Frust-Finale: „Als ich gemerkt habe, dass ICH das Opfer war, hab ich mich davongemacht."

____12. Januar 2011

Als größte Stadt Vietnams vibriere Ho Chi Minh Stadt mit faszinierender Vielfalt und Vitalität, so kolportieren es die Reiseführer. Mein Freund Leo hat andere

Erfahrungen gemacht. Mein Freund Leo ist böse auf Vietnam. Dort sei es so, wie ich es ihm prophezeit hätte: Alles ein paar Ticks schneller, die Massagen sind scheiße („Die wollen meist nur am Mehlwurm rumspielen") und mit der Freundlichkeit ist es auch nicht weit her. Eher wohl sind sie dort aggressiver, wollen unverschämte Trinkgelder, verlieren schnell mal ihr Gesicht. Und wer leichenfreies Essen haben will, den erwartet eine Odyssee durch die urbanen Verköstigungsanlagen.

Und überall tricky tricky: ein Portemonnaie habe er erworben, aber als er es zuhause auspackte, klagt mein Freund Leo, sei es ein anderes gewesen, ein billigeres. „Immerhin", tröste ich, „bist du nicht auf eine Mine getreten".

14. Januar 2011

Das Problem mit der Massage hat MFL nun gelöst. Ein blinder Masseur, macht es ihm wohl in der Hardcore Variante. Dass der Mann immer per Fahrrad nach Hause fahre, störe ihn nicht weiter , meint Khun T.O., wie MFL dort droben in Nordthailand genannt wird. Nun steht das Goldene Dreieck auf dem Wünschezettel des unerschrockenen Urviechs. Dort, wo im Niemandsland zwischen Burma, Thailand und Laos die Drogenbosse das Sagen haben, dort wolle er sich einmal umsehen. Ausgerechnet mit dem Moped! Dabei denk ich an die vielen zerdepperten, geklauten und Auffahrunfälle verursachenden Zweiräder, mit denen er die Hansestadt mit zweifelhaften Zwischenfällen versorgte. Möge er nicht als Schießbuden-Flipper für Grenzwachen enden.

_____22.Januar 2011

Noch einmal werde er umziehen, berichtet mein Freund Leo, in ein anderes Guesthouse, wo es, so hoffe er, bis zum Morgen ruhig bleibe, keine Wasserpumpe des nachts lospoltere oder die Nachbarn „um 5 Uhr morgens anfangen ihre Möbel zu zerdetschen". Ganz übel seien auch Köter, die den Mond anbellen (wahrscheinlich liege das am Vollmond) oder sich einfach des nachts gegenseitig fertig machen wollten. Dagegen seien fette Silvesterknaller noch erträglich.

Alles in allem ginge es ihm aber prächtig, jeden Tag 2 Stunden Massage (für 8 Euro) seien allein die ganze Reise wert. Und dann diese leckeren Kokosnüsse, frische Guavafrüchte und Frucht Shakes, die sie überall feilböten.   Da könne ihm Vietnam doch gestohlen bleiben, auch wegen dem heftigen Sonnenbrand, den er sich dort trotz Bewölkung zugezogen habe.

_____28.Januar 2011

Offenbar haben die Götter anlässlich des Abschieds von Khun Chaos aus dem Land der Freien eine Glückssträhne für ihn aufgelegt. Heute morgen, so mailt er, habe er „in Schweineeile" alle Habseligkeiten in den Rucksack gestopft und sei abgedampft zum Airport Chiang Mai. Sein Rückflug starte nämlich schon heute Nacht von BKK aus. Zum Glück habe ihm Emirates ein SMS Reminder geschickt. Sonst hätte er doch glatt

111

vergessen, schon heute wieder nach D zu fliegen, dabei sei er ganz auf morgen eingepeilt gewesen.

_____Ende Januar 2011

Lernresistent wie mein Freund Leo nun mal ist, und wahrscheinlich immer schon war, hat er wieder hartes Termin-Trimming gemacht. Frohgemut gibt er per eMail die Hoffnung kund, der Zug möge morgens früh genug in Saigon eintreffen, denn um 9 starte sein Flieger nach Bangkok. Die Abschlussbemerkung in besagter ePost lässt es vermuten: Scheint nicht so der große Wurf gewesen sein, der Abstecher in die Volksrepublik V. „Dann wieder Thailand, das gelobte ... und richtig gut futtern".

Nachtwächters Schäfchenparade

(v. Carlos de Seewo)

Bernhard-Nocht-Straße, samstags um halb Sieben. Aus dem Erotic Art Museum quellen Frauen. So viele Frauen, dass ich draußen warten muss. Offensichtlich eine Reisegruppe aus der schwäbischen Provinz. Einige Damen tragen in den geröteten Gesichtern noch Spuren der unmoralischen Einrichtung.

Watt'n Verkehr hier heute, sage ich bedeutungsvoll und zugegeben provozierend vor mich hin. Einige Damen kichern. Irgendwie schaffe ich es, dem Frauenstrom entgegen an dem Kerl mit Nachtwächteruniform vorbeizukommen, der wie versteinert dort lehnt, die Laterne in der Hand. „St.-Pauli-Rundgang, 90 Minuten, 10 Euro pro Person", werben die Prospekte der Tourismusbehörde.

Soviel Frauen auf einmal. Da möchte man glatt auch Nachtwächter werden... sage ich im Vorbeidrängen. Der Mann, Marke Makrele mit Steinbeißergesicht, und auf dem geistigen Fisheye wohl schon auf Feierabend fokussiert, ignoriert mich, wendet sich seinen Schäfchen zu, rattert den nächsten Schnack runter.

So, miene Doamens, wollt ihr mit mir nu mal über'n Kiez kucken? Zustimmung allenthalben, weitere Gesichter röten sich.

Auf der Davidstraße treffe ich die flotte Flotte wieder. Gerade haben sie einen Fernblick in die Herbertstraße werfen dürfen. Alles andere kann bekanntlich ins Auge gehen, bei unerwünschten Rivalinnen und geschäftsschädigenden Guckerinnen kennen die käuflichen Minne-Mädels kein Pardon.

Der Provinz-Pulk zieht weiter, kommt an einem Ecklokal vorbei, eine Männerschlange davor. Alle begehren Bier, schließlich spielt heute Pauli gegen Rostock.*.Jo isch do scho so früh a Veranschdaltung?* schwäbelt es wissbegierig aus dem Schäfchenclub. Das Steinbeißergesicht verzieht sich zu einem dröhnenden Lachen, wie im Orkan am Kap schlingert seine Laterne: *Hä, hä, hä – auf'm Kiez is immer ne Veranstaltung, mien Deern, Tach un Nacht rund umme Uhr!"*

114

Als Hermann der Cherusker die Schlacht am Teutoburger Wald vergeigte

(v. Carlotte Hensen)

... Gar nicht so leicht, so ein Detektivinnenleben. Im Flieger von Malle zurück nach Hamburg spuken Paula unaufhörlich Ullrich Ullmann und seine Mutter Herta durch den Kopf. Wo konnte Ulli bloß wieder abgeblieben sein? Hoffentlich war ihm nichts passiert. Für Herta, klar, war wieder seine Frau Lisa daran schuld, dass sich Ödipus Ulli ein weiteres Mal in Luft aufgelöst hatte.

Da muss ich wohl durch, seufzt Paula. In etwa einer Stunde wird sich das Rad des Schicksals wieder drehen wie die Bohnenschnipselmaschine beim Bohnenschnipseln.

Schicksal! Plötzlich fällt ihr das Heftchen ein, das sie dem Studenten mit dem Rastazopf abgekauft hatte. „Schicksalsminiaturen" stand drauf. Okay, etwas Ablenkung kann ja nicht schaden, bevor zuhause neue

Sturmwolken aufziehen. Paula angelt die bunte Papiertüte aus der Handtasche. Komisches Gefühl. Das hat was von Wundertüte aufmachen in der Schulzeit. Meist handelte man sich zwar billigen Schrott ein, mitunter kam aber auch Sinnvolles und Überraschendes zutage. Auf jeden Fall ist Paula derbe überrascht, als sie den Titel liest: „Wie Hermann der Cherusker die Schlacht am Teutoburger Wald vergeigte". Paula stutzt. Hört sich irgendwie nach Geschichtsunterricht an. Komisch, und das soll etwas mit dem Schicksal ihrer Klientin Lisa zu tun haben? Egal, mal sehen, was dieser germanische Hermann alles so erlebt hat. Sie beginnt zu lesen:

„Endlich war er da, der große Tag. Drei Legionen Römer marschierten in langer Reihe durch den Teutoburger Wald. Ein schier endloser Lindwurm, gewandet in Römisch Rot und bis zu den Waden im Morast. Mein Plan funktionierte. Mit diesem ökologischen Pattex an den Stiefeln hatten sie bei einem Angriff der Germanen keine Möglichkeit, ihre allseits gefürchtete militärtaktische Schildkröten-formation aufzubauen. Also los! Ich warf meinen Helm ins Gebüsch, dass es nur so schepperte. Das verabredete Zeichen zum Angriff für meine tapferen Germanenkrieger, die allesamt sorgsam getarnt im Hinterhalt lauerten.

Der Zug kam ins Stocken – mehr passierte nicht. Sämtliche Vögel rundum schienen höhnisch ein Spottlied zu pfeifen, direkt gezapft von den Dächern der Heiligen Stadt im späteren Bunga-Bunga-Land. Ein

116

eilfertiger Römer klaubte das Angriffssignal wieder auf.
Ihr Hörnerhelm, Herr Hermann!
Grazie, Soldat! Ich werde dafür sorgen, dass du eine Medaille erhältst! lobte ich.

Wir ritten weiter. Nach dem dritten vergeblichen Helmwurf erkundigte sich Römer-Chef Varus nach meinem Befinden.

„Hast du was genommen, Cherusker?" Mit süffisantem Lächeln wies er auf die Fliegenpilze am Wegesrand. Ich schüttelte den Kopf, dass die Haare flogen. *Nein, keine Sorge, großer Varus, das ist ein Brauch der Germanen. So reinigen wir auf Kriegszügen die Luft von Moormücken. Je mehr von den Biestern es trifft, desto besser lässt es sich Krieg führen. Ständig das Pieksen dieser Plagegeister, wie soll man da denn in Ruhe das Schwert schwingen können?*

Sag ich doch – Fliegenpilze, hörte ich Varus seinem Adjutanten zuflüstern, während ich anfing, demonstrativ unbeteiligt „Hänschen Klein" zu pfeifen.

*

Wir erreichten eine Lichtung. Eine kleine Hütte, drinnen bastelten sie schon an den Souvenirs. Frisch geschnitzte Hermann-Figuren, maßstäblich verkleinert dem Denkmal nachempfunden, das ich, nach gewonnener Schlacht, bei Detmold für mich errichten lassen wollte.

Ihr Vollpfosten, könnt ihr nicht warten, bis es soweit ist? schimpfte ich.

Sorry, Herr Hermann, aber die Zeiten sind schlecht. Irgendwie müssen wir möglichst avanti zu Geld kommen. Die Wildschweine werden immer seltener. Klimawandel, Sie wissen schon ... Und die Römer erhöhen ständig die Mieten.

Was soll das heißen?

Sie wollen uns rausekeln, Herr. Und dann installieren sie ganz schnell eine Filiale ihrer regierungseigenen Pizzakette.

Pizza? Nie gehört ...

Diese neue Essmode, Herr. Sie nehmen Brotscheiben, groß wie Wagenräder und flach wie Einlegesohle. Da drauf platzieren sie gegrilltes Kleingetier, das unter die Ochsenkarren geraten ist. Tomaten, Zwiebeln und Basilikum drauf, dazu jede Menge Ami-Ketschup und fertig. Passt natürlich gar nicht in unsere Kultur ... Wenn wir stattdessen hier Souvenirs an die Römer verkaufen, könnten wir finanziell überleben.

Ich betrachtete die Holzstatue in meiner Hand und fahndete nach einer Lösung. Zum Glück hatten die Germanen keine Ahnung vom Gesichter schnitzen. So konnte ich dem blöden Römer mein Denkmal als sein eigenes unterjubeln.

Es ist für deinen Ruhm, großer Varus!

Hübsch, sagte Varus. *Extra für mich? Ich bin tief gerührt, lieber Hermann. Ich werde das deiner Mutter gegenüber lobend erwähnen.*

Zum Kuckuck, wieso fängt der jetzt mit meiner Mutter an? Ausgerechnet dann, wenn ich mich anschicke, mich mit dicken Lettern ins große Buch der Weltgeschichte einzutragen.

Ich ritt eilends an die Spitze des Legionärs-Lindwurms, versuchte dort nochmals den Helmwurf. Wieder vergeblich.

Ich wandte mich an den Kundschafter.
Warum, zum heiligen Döner noch mal, greifen wir nicht an, Kundelix?

Es sind keine Krieger mehr da, Herr Herrmann.

Waaaas? Kerl, was soll das heißen, es sind keine Krieger mehr da?

Soeben traf eine SMS ein, Herr Herrmann: Sie sind alle auf dem Weg nach Münster.

Waaas ... Nach Münster? Aber das ist doch die genau entgegengesetzte Richtung! Ich wurde langsam wütend ... *Was zum Teufel geht hier eigentlich vor, Kundelix?*

Nun, Herr Hermann, wie ich hörte ... ähemm ... ist es so – der Erzbischof von Münster, er hat die Jungs für den Dombau engagiert.

Dombau? Was zur Hölle ist ein Dom?

Das ist so, Herr Herrmann, die Kirchenfürsten gehen in letzter Zeit dazu über, sich Denkmäler zu setzen. Das Kathedralenfieber greift um sich. Jeder will die größte haben.

Ich war natürlich tief enttäuscht. *Aber ... aber wie können die Krieger mich so hängen lassen? Ich habe sie doch extra mit einer Kollektion hochmoderner Hörnerhelme ausgestattet. Designed by Giorgio Germani übrigens, wenn ich das mal erwähnen dürfte!*

Sicher, Herr Herrmann, aber ... ähhhh ... der Kardinal, Hörnerhelme hin, Giorgio Germani her, er hat unseren Männern ein Angebot gemacht. Das fanden sie wohl attraktiver als wochenlang im Wald mit Römern zu rangeln.

Aber ... aber sie hätten doch als Helden in die Weltgeschichte eingehen können! ...

Ich brauchte ein paar tausend Pferdeschritte, um mich wieder zu fangen. Dann aber hakte ich dezent nach. *Sag einmal, Kundelix ... was für ein Angebot hat dieser Kerl, dieser äh, Kardinal, ihnen denn eigentlich gemacht?*

Hmhhh, Herr Herrmann, ich wage es kaum auszusprechen, antwortete Kundlix reichlich zögernd. *Aber wie ich hörte, lautet der Deal so: tagsüber am Dom basteln, nach Feierabend frei Fressen, Frauen und fassweise Freibier.*

*

Varus ritt heran, sein Gesicht wirkte ratlos. *Verstehst du das, Herrmann, was der große Cäsar aus Rom von mir will?* Er zeigte mir eine SMS: „*Varus, gib mir meine Legionen wieder*".

Keine Ahnung, entgegnete ich. *Aber könnte es vielleicht sein, dass euer Vertrag mit dieser dubiosen Zeitarbeitsfirma ausläuft?*
Varus überlegte nicht lange. *Vielleicht sollten wir einfach umkehren! Mit dieser Truppe kann man sowieso nix anfangen, nicht mal Wildschweine jagen haben die im Portfolio.*

So soll es sein, großer Varus!

Dumm gelaufen, dachte ich verbittert. Was soll ich jetzt bloß den Geschichtsschreibern erzählen, wenn die Schlacht am Teutoburger Wald einfach ausfällt?

Ein Verdacht köchelte in mir hoch. Schnell eine SMS an meine Mutter.
Mutter!
Die Schlacht ist ausgefallen. Ich weiß, dass du dahintersteckst! Musste das denn sein?
Dein Sohn Herrmann

Wie mit der Steinschleuder geschleudert kam die Antwort zurück. *Du hast Recht, mein Sohn. Ich habe das Angebot aus Münster gefakt. Wollte verhindern, dass du wieder in schmuddeligen Kleidern nach Hause kommst. Du weißt doch, wie schlecht diese römischen Rotweinflecken herauszuwaschen sind.*

... und außerdem hat am Sonntag Tante Trude Geburtstag. Also beeil dich, wir erwarten dich pünktlich um neun zum Frühstück."

*

Landeanflug. Paula lässt das Heft sinken. Sinnierend schaut sie hinunter auf das wieder mal diesige Hamburgwetter. Wie Recht der Rasta-Student doch hatte. Lisas Schicksal, in wenige Worte gegossen, es war wohl der Drama-Doppelpack aus Ödipus Ullrich und seiner Mutter Herta.

Nun aber fix raus aus dem Flieger. Bestimmt wird Vera schon warten. Ich bin ja mal bannig gespannt, was ihre Recherchen ergeben haben.

Und hoffentlich hat Kinski seinen Schnabel gehalten! Seit er sich regelmäßig Inspektor Colombo im Fernsehen ansieht, schmeißt er immer öfter mit Krimivokabular um sich.

Äquatortaufe: Mit der „Schneekönigin" nach Kolumbien

(v. Charlotte Hensen)

Da stand Laura nun an den Landungsbrücken unten am Hamburger Hafen. In ihrer Hand glänzte ein goldenes Ticket. Hamburg – Kolumbien mit dem neuen Traumschiff! Ein spätes Geschenk „zur Wiedergutmachung" von Ex Arne und Schwieger-Ex Herta. Allerdings hatten sie das Schiff umgetauft. „Lin Hen" mit einer dicken Acht hinten dran – aus chinesischer Sicht schön und gut. Aber Kunden der westlichen Erdhalbkugel lässt sich dieser verborgene Zahlenzauber schwer vermitteln. Also jazzte die Werbung das Schiff kulturadäquat ins Bewusstsein ihrer Zielgruppe. „Mit der Schneekönigin nach Kolumbien" lockte die Agentur, bundesweit und in ganzseitigen Zeitungsanzeigen. Innerhalb von zweiundzwanzig Stunden war die Reise komplett ausgebucht.

Laura war gespannt auf die Überraschungen, die ihr Arne und Herta angekündigt hatten. Die erste konnte sie kaum glauben: Offenbar hatte Arne Hensen endlich seine biologische Baustelle saniert und, kurz vor dem unausweichlichen Hirn-Harakiri seine fatalen Feuerwassr-Feuchtgebiete trockengelegt. Jedenfalls stand er, blendend gelaunt und optisch gut in Schuss, auf der Brücke. Jawohl, der Kapitän zur See griff höchstpersönlich zum Steuer – das im Seemannsjargon Ruder heißt und heute auf Großschiffen eher einem Elektronik-Wunderland ähnelt. Sein chinesischer Co-Cäpten („Ein echter Urenkel von Mao", hatte Herta geschwärmt) parkte bescheiden lächelnd in Warteposition, bis alle Fotos geschossen waren und die Jungfernfahrt-Journalisten an der Bar hockten. Neben Arne, Laura traute kaum ihren Augen, eine mordsmäßige China-Teekanne. Demonstrativ tranken sich die beiden Steuer-Herren im Blitzlichtgewitter zu, mit Grüntee!

Dass Arne in Matrosenuniform agierte, schien außer Laura niemandem groß aufzufallen. Auch über Herta staunte sie. Gigantisch gut gelaunt war sie, dreißig Kilo leichter, Wasserstoff-blondiert und mit einer coolen Brikettfrisur a la Brigitte Nielsen. Die Kapitänsuniform stand ihr gar nicht schlecht, ebenso wie die Rangabzeichen und das goldene Schildchen, das an ihrer Jacke prangte: „Commander H. Hensen".

Wie im Fluge (seemannsgerecht müsste es eigentlich heißen, wie an Bord des „Fliegenden Holländers"), erreichten sie den Breitengrad, der die Erdkugel in Nord und Süd unterteilt. Zeit für die Äquatortaufe! Ein beliebtes Ritual bei Seefahrern vergangener Zeiten, das eine willkommene Abwechslung in den oftmals windstillen Schiffsalltag brachte. Wenngleich die Scherze der Altmatrosen nicht selten in üble Dimensionen abdrifteten. Arne hatte für eine zeitgemäßere Variante gesorgt.

Nehmet nun hin die Äquatortaufe, rief der Zeremonienmeister, unerklärlicherweise als Schneemann verkleidet. Er griff zu einem Rasierpinsel, tauchte ihn in das Marmeladeneimergroße Gefäß mit der Aufschrift „Kolumbianisches Kichererbsenmehl", bestäubte die Nasen aller Äquatorneulinge damit, begleitet von der Formel *Ich taufe dich auf den Namen Schneekönig und heiße dich willkommen in unseren breiten Graden.*

Laura wunderte sich, dass offenbar alle an Bord Äquatorneulinge sein wollten. Außer ihr, sie hatte sich mit einer Mehl-Allergie entschuldigt, blieb niemand der seltsamen Bestäubungszeremonie fern. Und das Kolumbianische Kichererbsenmehl hatte seinen Namen offensichtlich völlig verdient. Noch nie hatte Laura so viele kichernde, blendend gelaunte Menschen auf einem Haufen erlebt.

Der Service an Bord war unvergleichlich. Speziell dressierte Pinguine brachten „Eisbecher All you can eat", die restlichen Stewards rannten entweder als

Spiderman verkleidet über das Deck oder servierten im Clownskostüm. Auch sie verbreiteten puren Frohsinn – und Freigetränke am Fließband. Sogar ein Zwergelefanten-Taxi für die Kinder hatte sich Kapitän Hensen ausgedacht. Die kleinen Jumbos, besonders die Männchen, büxten zwar mitunter aus und soffen sich voll, erst im Swimmingpool, dann an der Bar. Aber aus der Rolle fielen sie nie, das muss man ihnen lassen. Alle zeigten sich voll begeistert. Ein Trip mit der „Schneekönigin", da war man in der Champions League der Luxusliner unterwegs.

In Kolumbien kamen einige Ehrengäste an Bord. Auch hier trübten keine hängenden Mundwinkel die Szenerie, alle swingten mit lockerem Lächeln die Gangway hinauf. Allen voran Christoff Down, neuerdings Trainer der Kolumbianischen Nationalkicker, der Liedermacher Konstantin Bäcker, dann der Stiefsohn des Papstes, und mittendrin der unvermeidbare Umberto Blanko. Nicht zu vergessen Richter Roland Schrill, Hamburgs Ex-Stadtsheriff, der den Drogensumpf der Hansestadt trockenlegen wollte, wobei er von einem fetten Näpfchen ins nächste gerauscht war. Auch einige Finanzmagnaten enterten die Schneekönigin, alle posierten mit Breitwand-Grinsen und Victory-Zeichen vor den Fotografen. Hinzu kam ein Tross von Geschäftsleuten, unter ihnen Jan van Ackermann, der es mit illuminierbaren Kleiderbügeln zum Megamillionär gebracht hatte. In seinem Windschatten, von der Bordprominenz stark beklatscht, Daniel Deusentrieb, Erfinder der rostfreien

Tomatenselbstschussanlage mit Anti-Paparazzi-Garantie.

Laura staunte nicht schlecht, als sie auch noch Konrad Krohn erblickte. Offenbar hatte der Bremer Baulöwe, jetzt mit gigantischer Goldrandbrille und tiefschwarzem Haupthaar, ihre Anregung im wahrsten Wortsinn aufgegriffen. Jedenfalls schwänzelte er, zackig wie ein Seehecht, um eine solide Samba-Schnitte herum, sie ferkelblond gefärbt und aufgetakelt wie ein Viermaster beim Jubiläum der Queen. Die Taufbecken-ähnliche Oberweite hatte ihr vermutlich der rumänische Balkonspezialist aufmontiert, der Laura auf der „Maria Krohn" angesprochen hatte. Mitten in der Meute wieselte der Vorsitzende der Rosarot-Partei herum, vom Volksmund „Graf Keks" getauft. Zu später Stunde erblickte ihn Laura beim erotischen Engtanz mit seinem parteipolitischen Gegenspieler, in der Regenbogenpresse zogen sie ihn als „liberaler Langstreckenlächler aus Lüneburg" über den Tisch.

Ebenfalls im Tross: Rekord-Fußballspieler Paul-Lothar Matthias (secks Scheidungen, secks Eigentore für Deutschland). Die Reporter nannten ihn neuerdings Pattex-Paul. Weil seine rechte Hand, sobald irgendwo eine Kamera auftauchte, reflexartig am linken Hinterteil der jeweiligen Gespielin klebte.

Zum Schluss („Kaaaine Paaanick, Loooite") rollte Udo Lindenberg an! Auf einem Gabelstapler, mit dem er hundert Likörelle an Bord transportierte, die später zugunsten hilfebedürftiger Hutverkäufer versteigert wurden.

Hallo Pretty Laura, sagte er, als er Laura in den Arm nahm, und sie spürte, wie sie dabei rot wurde. *Mein schönstes Gemälde, Bella, ist natürlich für dich, klaro!* Alle applaudierten, als Laura den Spruch darauf vorlas: „*Realität ist eine Illusion, die nur durch den Mangel an Alkohol erzeugt wird.*"

Laura war tief gerührt. Aber als sie sich bedanken wollte, war Udo schon an die nächste Bar getuckert.

Laura sah sich um. Irgendwie komisch, wie nebelig das hier auf einmal überall war... Trotzdem entdeckte sie Hans Korn. Scharf in seinem Windschatten – Sandy! Mit einem Tussi-Täschchen aus rosa Straußenleder, am Handgelenk ein dermaßen gewichtiges Rolex-Trio, dass ihr bestimmt abends der Arm wehtat. Hatte sie es also doch geschafft, aus dem Schatten des horizontalen Schmuddelbusiness herauszukommen!

Auch Ex-Heidelbeerkönigin Janny Evers und andere Partykanönchen waren da, eine ausgemusterte Tagesschau-Versprecherin, eine Ex-Lottofee; leider auch dieses hummeldumme Teppichluder aus der Hamburger Neustadt. Folglich blieb im VIP2-Room kaum ein Auge trocken. Lediglich Manuela Kratzberger fehlte, sie saß gerade beim Ludwigshafener Leberwurstwettbewerb in der Jury, das hatte Commander Herta Laura voller Bedauern erklärt.

Offenbar hatten sie auch einen Betriebsausflug an Bord; die Sause wurde geschmissen vom Eventmanager der Erko-Versicherung – als Belohnung für die besten Bauerfänger des Unternehmens. Einige von ihnen ließen es später richtig böllern, die Männchen tanzten Pavian-Pogo in der Piano Bar, die weiblichen Führungskräfte übten sich beim Extrembügeln im Champagner-Whirlpool. Zu später Stunde stießen die Männchen hinzu und alle bügelten wild durcheinander. Laura blickte auf den Kalender. Heute war Weltfischbrötchentag. Der ideale Zeitpunkt für einen Staffellauf an der bordeigenen Kletterwand. Dort hatte das Personal seinen großen Auftritt. Die Köche, ganz in weiß und mit Brillen von Ray Ban, die Heizer im federweißen Bademantel, das Kabinenpersonal komplett in Zebrastreifen. Als Favorit galt die Putzkolonne, sie trat im Papageienkostüm an. An ihrer Spitze: Ela! Als Ehrengast angekündigt, einen Motorradlenker als Staffelstab in den Händen, auf ihrem Kopf funkelte eine alberne Silberlametta-Perücke.

Plötzlich an Steuerbord ein Geschiebe und Gedränge, als gäbe es dort einen Walfisch am Schifferklavier zu bewundern. Aber es war Bud Spencer, und er sagte den ewig kultigen Satz: *„Lassen Sie mich durch, ich bin vom Grönländischen Ballett, und ich tanze hier den Rasputin".* Was für ein Blödsinn; Laura hätte nicht wissen wollen, wie viel Herta allein für diesen Spruch hinblättern musste ... Bald wurde sie unruhig. Wo Udo nur blieb, ihr Sylter Räderking? Endlich sah sie ihn heranrollen – auf einem goldenen Tandem, aus dessen Satteltaschen Schampus Rosé rieselte. Er stieg ab, überreichte ihr einen Sonnenschirmgroßen Strauß Rosen, ging auf die Bühne, riss Herta das Mikrophon aus der Hand und moderierte die große Abschluss-Show. Und die hatte es richtig in sich: Nach Bud Spencers Auftritt, übrigens im Duo mit einer drallen Dirndel-Domina aus München, zeigte Umberto Blanko eine Jonglage mit sieben Fässern Wein, Christoff Down glänzte beim Torwandumschießen und Herta legte mit dem Stiefsohn des Papstes einen dermaßen kessen Tango aufs Parkett, dass Laura und Udo den Kindern beide Augen zuhalten mussten.

Leider gab es auch einen Zwischenfall: Caroline, die englisch Ausgesprochene aus Lilly's Nightclub in Westerland, Laura hatte einen weiten Bogen um sie gemacht, wollte die Bühne entern und eine ihrer gefürchteten Striptease-Shows abziehen. Doch bevor es dazu kommen konnte, wurde die pralle Problemzonen-Venus von der Security abgefangen und, mit Decken verhüllt, aus dem Saal geführt.

Gegen Mitternacht dann das Highlight des Abends: In der „Frau-Holle-Lounge" gab Kultsänger Falco, ausstaffiert mit Skidress und Schneebrille, seinen Allzeithit zum Besten. Den Text hatte er offenbar verbummelt; also hörten die Gäste, ähnlich einer angeknacksten Schallplatte, immer nur den Refrain.

Dieser Fall ist klar, lieber Kommissar

auch wenn Sie andrer Meinung sind:
Den Schnee, auf dem wir alle talwärts fahren
kennt heute jedes Kind ...

Die Leute waren begeistert, sie trampelten, bis die Kronleuchter abzustürzen drohten; sonnenklar dass es eine Zugabe gab. Alle sangen mit und schunkelten ausgelassen wie beim Kölner Karneval.
Leeeise rieeeselllt der Schneee ...
Mitten hinein in den Dauerapplaus schneite es künstliche Schneeflocken und, Laura wollte sich schier schlapp lachten, Olaf der Ölprinz nebst Gattin, beide im Eisbärenkostüm, versuchten sich auf Schlittschuhen.

... Aber Moment mal – Falco?
Der lebte doch längst nicht mehr! Wo kam der denn ... Laura stutzte. Und die anderen ... überhaupt, der Papst ... und wie konnte es angehen, dass sie Hammer-Hugo mit Anwalt Asbach auf dem Achterdeck beim gemeinsamen Bogenschießen auf Flachmänner erwischt hatte ... Der war doch ... Köhlbrandbrücke ... Harakiri ... Und dann, Laura geriet in Panik – dieser Eisberg, auf den sie zusteuerten, als sei er mit einem Magneten speziell für Kreuzfahrtschiffe ausgerüstet. Sah den denn keiner, verdammt? Sie rannte auf die Brücke.

Was war bloß los auf diesem Narrenschiff? Warum reagierte Arne nicht? Und wo in aller Welt steckte dieser chinesische Steuermann? Fast traf sie der Schlag – der Kommandoraum war leer! Jetzt sind wir auch noch ein Geisterschiff, dachte sie entsetzt. Doch dann – Geräusche aus dem EDV-Raum! Das hörte sich doch ganz so an wie Würfel. Nach zehn Schritten wusste sie es. Das gab's doch gar nicht! Da lag Maos Urenkel sturztrunken wie Störtebeker auf dem Boden, in Unterhosen und Socken, und versuchte, mit einem Frosch im Spanferkelformat „Mensch ärgere dich nicht" zu spielen. Daneben eine ganze Batterie Wodkaflaschen, unverkennbar leer.

Damit aber immer noch nicht genug – am Steuerpult, Laura hatte den Winzling glatt übersehen, hockte ein Männlein mit schlumpfblauer Haut und brandroten Augen wie ein Kaninchen nach einer Überdosis Aldi-Möhren … Laura erschrak aufrichtig. Und sofort war ihr klar: Das konnte nur der Klabautermann sein!

Hallo Laura, sagte der ganz unaufgeregt. *Auch einen?*
Er reichte ihr ein Wasserglas voll Wodka entgegen und warf mit Komplimenten nach ihr.

Hübsch schaust du aus, wirklich! Und was für schöne Schuhe du anhast, sehr geschmackvoll. Arne ist wirklich ein Glückspilz.

Was Laura jetzt sagte, sie konnte es kaum glauben.
Hallo! Prima, dass wir uns auch mal kennen lernen.
Weitere Wodkas folgten. Laura trank, sie trank, bis sich alles drehte.
Irgendwann blickte der Klabautermann auf die Uhr.
Oh, es ist spät geworden, ich muss los!
Es war zwei vor Zwölf, und der Eisberg lauerte jetzt schon in Schneeballwurfweite. Eine ideale Position für den finalen Frontalcrash.

Bevor er von Bord sprang, drehte sich der Schlumpfblaue noch einmal kurz um und winkte dem Frosch zu. *Tschüss Arne! Bis demnächst!*

Das Letzte, das Laura wahrnahm, war ein hässliches *Ruuummmssshhh!!!* ähnlich wie bei ihrem winterlichen Crash damals in der Bonner Baugrube, nur multidimensional lauter ...
Dann war Stille. Stille und Dunkelheit.
Dann ganz plötzlich ganz sanfte Musik ...
... We are sailing, we are sailing
Home again, 'cross the sea ...
We are sailing stormy waters
To be near you, to be free...

In der lieblichen Morgenmelodie, den Lauras Radiowecker von sich gab, schmolz der Titanic-Albtraum zur Bedeutungslosigkeit dahin. Sie sah auf die Anzeige. Zwei vor Zwölf! Wer hatte bloß diese seltsame Zeit eingestellt? So lange wie heute hatte sie schon seit Ewigkeiten nicht mehr geschlafen! Egal, der Mai war gekommen, es war Sonntag und heute würde ein schöner Tag werden. Ihr Geburtstag. Sie roch schon den Kaffee und den frischen Toast, und sie wusste, dass die Kinder den Frühstückstisch gedeckt hatten.

Thänxcksgiving!

Mein Dank gilt allen,

die irgendwie, irgendwann und irgendwo

an diesem Buch mitgewirkt haben,

an der

kreativen Frontline,

als Vorlage für eine literarische Figur

oder hinter den Kulissen,

insbesondere

Ivo Constantin

für seine bummelich

neunundneunzig nimmermüden Anläufe

auf dem Weg

zu einem plietschen Cover.

Theo Waldhauer

der sich mit Dateien, Deadlines

und Updates

manch fiesen Fight lieferte,

bis der Text

so schnieke wie jetzt

im Internet paradiert.

Carlos de SeeWo

der als graue Eminenz im

Hintergrund zahllose Fäden zog

und mich mit seiner

Erfahrung, seinem Engagement

und seinem kreativen Können

jederzeit vollumfänglich unterstützte und

motivierte.

... und last but not least

den TestleserInnen,

Biggi,

Gabriela,

Gudrun,

Gesa,

Jutta,

Regina,

Charly

und Thomas.

Danke, Danke Euch allen!

**In Paulas Pipeline lauern weitere
schräge Storys:**

Paula Plietsch und das Museum
der gescheiterten Erfinder

Paula Plietsch und das Edelpartner*innen
Institut *Goldbärchen*

Paula Plietsch und das
Detektivbüro Spürnase